독하게 독하다

# 篤하게 讀하다

**발　행** | 2017년 3월 14일
**지은이** | 정송 외
**발행인** | 신중현
**펴낸곳** | 도서출판 학이사

　　　　출판등록 : 제25100-2005-28호
　　　　주소 : 대구광역시 달서구 문화회관11안길 22-1(장동)
　　　　전화 : (053) 554~3431, 3432
　　　　팩스 : (053) 554~3433
　　　　홈페이지 : http : // www.학이사.kr
　　　　이메일 : hes3431@naver.com

ISBN _ 979-11-5854-069-2　03800

독

정송 외 지음

독

學而思 | 학이사

# 친절한 글쓰기

- '서평쓰기' 강의를 수료하며

우은희

서평에 대해 잘 모르는 만큼 그저 결석하지 않고 열심히 강의를 듣겠다는 각오 외엔 아무것도 없었다. 그런데 첫 시간의 끝 무렵 책을 정의하라는 말에 그제야 아차! 싶었다. 너무 가벼운(?) 마음으로 왔구나. 강의 첫날 경주에서 오신 서강선생님 말따나 강의를 듣는 수료생 중 이미 책을 출간하신 분들이 반수라는 것을 알고는 '내가 왜 여기 있나? 의문이다' 했듯이, 나도 조용히 추천 도서를 열심히 읽는 것으로 만족하면 되지 않을까 싶었다.

1기 수료생들의 서평모음집을 받아보기도 했지만, 그

건 글을 쓸 수 있는 능력이 되는 선생님들만 쓰면 되는 것이라고 생각했다. 내가 아무리 배우는 입장이더라도 하지 않을 권리 또한 내게 있다. 글을 쓰고 안 쓰고는 내 자유다. 그렇게 되도록이면 글을 쓰지는 않겠다고 다짐했던 내게, '내 인생의 책 100권을 만들어 보라', '글은 생각이다', '쉬운 책으로 서평하라', '배운 대로 꼭 그대로 몇 번만 실천해 보라' 진정성이 내포된 이 모든 원장 선생님의 말씀들이 실은 글(서평)을 쓰게 하는 구체적인 동기가 되었다.

강의에 소개된 좋은 책들 가운데는 『책은 도끼다』와 같이 친절한 책들이 참 많았다. 그중에서 특히 『종이책 읽기를 권함』은 그 친절함이 가히 충격적이다. 책의 마지막 장을 덮고는 한참을 그냥 멍하니 있었다. 친절하다는 형용사가 사전 속에서 몸을 일으키고 걸어 나와 실체를 보여준다면 이 책과 같은 모습이 아닐까? 나는 불현듯 '친절하다'를 사전에서 찾아보았다. 친절-하다(親切─)〔형용사〕대하는 태도가 매우 정겹고 고분고분하다….

그리고는 친절하다는 단어를 언제 처음으로 인지했던

가를 곰곰이 생각해보았다. 우습게도 나는 이 단어를 국어 시간이 아닌 중학교 1학년 영어 시간에 예문으로 쓰이던 문장에서 처음으로 인지했던 것 같다. She is kind. She is very kind. 한국 사람은 대부분 친절하지 못한 것인가. 외국에서도 남자보다는 여자가 친절한 모양이다.

  사전적 의미의 피상적인 단어에 불과했던 '친절하다'가 그나마 어렴풋이 실체를 드러낸 적이 있긴 하다. 내아이가 초등학교 2학년 때, 부모님의 장점을 한 가지씩 적으라는 워크북에 '부 : 장난을 잘 친다. 모 : 친절하다.'라고 적어 놓았다. 나는 아이의 코멘트에 살짝 감동했고, 친절하기 위한 나의 노력을 아이도 느끼는가 싶어 흐뭇했다. 나 자신이 너무 엄격하고 무서운 엄마 밑에서 자랐기에 말은 하지 않았지만 나는 친절한 엄마가 되고 싶었다. 아이를 존중하는 마음이, 행동의 결과보다 과정이나 감정을 살펴주려는 노력이 아이에게도 전해졌던 모양이다. 친절함은 상대를 존중하는 마음 없이는 결코 표현될 수 없는 무엇이다.

  이렇게나 친절한 책을 읽고도 서평을 하지 못한 것은

정말이지 '합당한 표현'[1]을 찾지 못해서였다. 이렇게 좋은 책에 대해, 좀 더 생각이 깊어지고 또 넓어져서 글로서 '합당한 표현' 을 찾을 수 있을 때 멋진 서평을 써 보리라 마음먹었다. 이런 책이 있다는 것을 알고도 읽지 않는 일이 "죄에 가깝다"는 간곡한 표현이 있는 줄은 강의 자료로 쓰신 원장님의 서평을 보고 나서야 알았다.

수료식 날 원장선생님은 강의를 하는 내내 "내가 이렇게 행복해도 되나" 싶을 만큼 좋았다고 하셨다. 그 말씀을 듣고 내가 가졌던 생각은 '나야말로 염치없이, 주는 대로 이렇게나 많은 것들을 다 얻어가도 되나' 싶었다. 강

---

[1] 최근에 '합당한 표현' 을 찾은 예가 있다. 『종이책 읽기를 권함』의 제1장에 프랑스의 교사이자 작가인 다니엘 페나크가 친근한 책읽기를 위해 제창한 독자의 10가지 권리를 소개해 놓았다. 그중, "셋째, 끝까지 읽지 않을 권리. (괴테의 『파우스트』는 고교 시절부터 시작해서 지금까지도 다 못 읽었다.)"를 보고는 왠지 모르게 마음이 동요되었기에 밑줄을 긋고 이런 저런 메모를 했음에도 불구하고 내가 느꼈던 감정의 핵심을 한마디로 표현할 수가 없었다. 그런데 이주동 교수가 쓴 『카프카 평전』을 최근에야 알았고, 부제목 '실존과 구원의 글쓰기' 를 보았다. 나는 "끝까지 읽지 않을 권리" 이 한 구절에서 느꼈던 감정이 비로소 그동안 어렵게 느껴졌던 책들을 가차없이 팽개치고도 영 편치 않았던 마음 한 구석의 죄책감에 대한 '구원의 손길' 이였음을 알아 차렸다.

의 시간에 소개한 책 못지않게 강의를 위한 선생님의 자료들도 한결같이 친절했다. 참 미안할 정도로. 서평뿐만 아니라 앞으로의 글쓰기가 어떤 형태가 되더라도 나 자신과 독자를 존중하는 친절한 글쓰기는 쓰는 사람도 읽는 사람도 행복하게 할 것이라는 믿음 하나가 꿋꿋하게 마음속에 자리 잡았다.

# 나에게 책이란?

- 책은 창槍이다. 삶과의 전쟁에서 승리를 가져오게 하니까 • 강경숙
- 책은 머리카락이다. 책을 읽으면 나도 모르게 내가 자라니까 • 김민정
- 책은 모두가 돌아앉았다. 책꽂이에 책은 모두 등을 보이고 있으니까

  • 김성민
- 책은 호르몬이다. 언제까지나 청춘이게 할 테니까 • 남지민
- 책은 뚜쟁이다. 새로운 걸 만나게 해 주니까 • 문무학
- 책은 퍼즐의 한 조각이다. 책을 읽으면 읽을수록 세상을 보는 나의 눈은
  더욱 선명해지니까 • 민영주
- 책은 나침반이다. 여유와 즐거움을 찾아가는 길을 안내하니까 • 배태만
- 책은 우물이다. 끊임없이 퍼내는 즐거움을 주니까 • 서강
- 책은 연결고리다. 한 권의 책으로 사람과 사람 사이를 이어주니까

  • 손인선
- 책은 보험이다. 풍요로운 삶을 꿈꾸게 하니까 • 우남희
- 책은 보따리다. 펼치지 않고는 내용을 다 알 수 없으니까 • 우은희
- 책은 나를 깊이 들여다 볼 수 있는 거울이다. 투영해 볼 수 있으니까

  • 윤경희
- 책은 빚이다. 책을 읽지 않으면 빚진 생활 같이 불안하니까 • 이웅현
- 책은 샘물이다. 끊임없이 갈증을 해소해주니까 • 정송
- 책은 잘 차려진 영혼의 밥상이다. 내면의 허기를 채우니까 • 정순희
- 책은 시계다. 되돌아갈 수는 없지만, 되돌아 볼 수 있게 하니까 • 추필숙
- 책은 장남감이다. 씹어보고, 쌓아보고, 읽어보고, 누워보고 • 최진혁

# 차례

비문학 _ 지혜와 사랑의 이름으로

아동 _ 행복한 시간의 무대

책과 함께 떠나는 여행

숲속에서 책 읽기

문학

살기 위한 삶의 이야기

# 삶이 굳이 따라와 그의 곁에 있다 한다

『불안의 책』, 페르난두 페소아, 문학동네

김 남 이

먹고 자고 일하는 것만으로도 하루는 참 잘 간다. 특별히 만난 사람도 없고, 혀끝에 맴돌아 읊조리고 싶게 만드는 한 구절도 읽지 못했고, 되새겨 펼쳐볼 만한 영상도 접하지 않았고, 낯선 곳으로의 발걸음도 없었는데 며칠이 훌쩍 사라져 버리곤 한다. 이런 날들이 길게 반복되면, 사용하기에 따라 그 폭이 무한대인 사람들의 언어와 사고 활동은 자신도 모르는 사이 좁아지고 단순화될 수밖에 없을 것이다.

어제가 오늘 같고 내일도 별로 다를 것 같지 않은 날들을 반복하는 대부분의 사람들은 사실 생활에서 그리 많은 단어나 문장을 필요로 하지 않는다. 생각도 생활을 따라가기 마련이어서 늘 주변의 자잘한 편린들에 머물기 마련이다. 그러다가 어느 날 문득 단조롭고 지리멸렬한 자신의 언어와 사고를 목도하고 낯선 단어나 문장, 사색의 방에 들어서 보려 하면 도무지 그 입구를 찾을 수 없는 막막함을 느끼곤 한다.

이럴 때 이 책은 어느 페이지를 펼쳐도 풍성한 생각거리를 제공해준다. 가령 124페이지를 펼친다면

"어떤 것을 매번 다른 방법으로 본다는 건 대상을 새롭고 다양하게 만드는 일이다. 그러므로 관조하는 영혼은 고향 마을을 한 번도 떠나본 적 없어도 온 우주를 자기 뜻대로 품는다. 무한은 감방이나 사막에도 있다. 돌을 베고 누워 우주를 꿈꿀 수 있다."

- 텍스트. 90

를 만날 수 있다.

1888년 포르투갈 리스본에서 태어난 저자 페르난두 페소아는 가족과 떨어져 혼자 살며, 대학을 자퇴하고 도서관에서 철학, 역사, 사회학을 공부하고 문학책을 탐독했다. 생전에 크게 각광받지는 않았지만 그는 자신의 천재성을 확신하고 있었으며, 마흔일곱 살에 간질환으로 사망할 때까지 결혼도 하지 않고 사교 생활도 거의 없이 여러 영역에 걸쳐 포르투갈어와 영어와 프랑스어로 방대한 저술을 남겼다

수많은 이명異名을 사용한 그는 잠깐씩 틈날 때마다 주변의 아무 종이에나 닥치는 대로 글을 썼다. 그의 미출간 자료들은 그가 사망한지 80년이 지난 지금도 포르투갈 국립 도서관에 보관되어 분류 작업 중이며, 그의 유해는 사망 50주기인 1985년에 국립묘지로 이장되었다고 한다. 페소아가 사망한 지 47년 만인 1982년, 처음 출판된 『불안의 책』은 포르투갈 문학을 연구하는 사람들에게 기념비적인 사건이 되었다.

이 책은 '베르나르두 소아르스' 라는 주인공의 일기를 모아 놓은 형태지만, 소설이라기보다는 작가의 자전적

요소가 강한 글이다. 옮긴이의 해설에 따르면, 페소아가 대부분의 작품에 저자를 이명으로 표기한 것처럼 이 책도 그의 이명 중 하나인 베르나르두 소아르스의 작품이라고 한다. 소아르스는 페소아의 수많은 이명 중에서 실제와 가장 흡사한 인격체였으며, 이 책 속의 일상도 실제 페소아의 삶과 매우 닮은꼴이라는 것이다.

책은 머리말과 본문과 옮긴이의 해설과 작가의 연보로 채워져 있다. 머리말은 작가가 책 속의 주인공인 소아르스를 소개하는 글인데, 자신이 리스본의 한 식당에 저녁 식사를 하러 갈 때마다 보게 되어 관심을 갖게 된 인물이라고 전한다. 본문은 〈사실 없는 자서전〉이라는 소제목 아래 1~481의 텍스트가 실려 있다. 이에 대해 옮긴이는 소아르스의 존재론적 성찰을 수백 개의 조각으로 나눠놓은 독백이자 고백록이자 영혼의 기록이라고 설파한다.

책 속의 소아르스는 리스본의 도라도레스 거리에 위치한 회계사무소에서 일하는 직원으로 시간이 날 때마다 리스본 시내와 테주 강변을 산책하며 명상에 잠긴다. 그는 출근하고 회계 장부와 끝없는 숫자 씨름을 하고 식당에서 식사를 하지만, 그의 기록은 마치 사색과 글쓰기 외의 어떤 삶도 없는 사람처럼 천성적 고독과 불안이 묻어 있다. 그에게는 현실의 어떤 생활도 무의미하며, 오직 꿈꾸고 감각하는 일만이 영혼이 살아 있는 삶인 듯 보인다.

나와 인생 사이에는 아주 얇은 유리 한 장이 있다. 또렷하게 바라보며 인생을 이해한다 해도, 결코 만질 수는 없다.

- 텍스트.80

한 번도 이해 받기를 원한 적이 없다. 이해 받는 것은 몸을 파는 것이나 다름없다. 나는 사람들이 내 모습을 잘못 알고 있기를, 나를 알 수 없는 대상으로 여기며 예의 바르고 흔연스럽게 대하기를 원한다… (중략)… 이름을 남긴 성자들과 수도승들의 순교보다 더욱 미묘한 순교도 있다. 육체와 욕망의 고뇌가 있는 것처럼 지성이 겪는 고뇌가 있다. 전자든 후자든 고뇌에는 일종의 관능적인 희열이 있다.

- 텍스트.128

밑줄을 긋고 싶은 부분들이 넘쳐난다. 위에 인용한 구절들은 얼핏 보아도 작가의 고독과 불안과 공허가 느껴진다. 자신의 인생을 유리 한 장 너머에 두고 쓸쓸하면서도 예리하게 건너다보는 작가의 감성이 아프게 다가온다. 느낌이 유달리 심오한 작가의 정신세계는 타인과의 소통에서 스스로를 고립시키고 자신의 꿈과 사유 속으로만 깊이깊이 파 들어가고 있다.

이렇듯 작가가 자신의 현생을 담보하고 가히 피와 살로 쓴 듯한 문장 하나하나가 모여 이 책이 되었다. 600페이지가 넘는 좀 무거운 두께 때문에 쉽게 손이 가지 않을 수도 있지만, 중간 중간 어디를 펼쳐도 시선과 의식은 쉽게 꽂힐 것이다. 판으로 찍어내는 것 같은 일상의 반복에 잃어버린 줄도 모르게 잃어버린, 자신만의 감각이 그리운 이는 이 책의 도움으로 물꼬를 틀 수 있을 것이다. 지나간 어떤 날의 감각과 덜 상투화된 말과 사유의 물꼬를.

그리하여 작가가 자신의 불안한 삶을 정면으로 응시하며 한 줄 한 줄 써내려간 『불안의 책』이 생활만 있고 사유는 메말라가는 사람들의 불안을 안심으로 바꿔줄 것이

다. 삶에 끌려가지 않고 삶이 우리를 따라 오도록 조율해
줄 것이다.

# 시는 시요, 시인은 시인이다

『초혼』, 고은, 창비

남 지 민

가을이다. 가을은 '잊혀진 계절(이용 노래 제목)'이기
도 하고, '가을이 오면(이문세 노래)', '가을 우체국 앞에
서(윤도현 노래)', '흐린 가을 하늘에 편지(김광석 노
래)'를 쓰거나 '가을 편지(고은 시, 김동원 노래)' 한 통
쯤 빨간 우체통에 넣어야 할 법하다.

노벨문학상 후보나 민족시인으로보다 '가을 편지'로
먼저 고은을 알게 된 사람들이 많을 것이다. 가을이면 어
김없이 흘러나오는 '가을 편지'를 들으며 마치 시인이
읊조리는 듯한 착각에 빠지기도 했다.

이번 시집 『초혼』의 가장 인상적인 부분은 책날개에 소개된 고은의 약력이다. 작가 생활 수십 년에 출간한 시집이 수십 권, 활동한 모임과 수상 경력이 셀 수 없이 많을 것이라 예상했다. 그런데 책장을 넘기자 미소를, 혹은 '아' 하는 탄성을 지르게 한 약력이 있었다.

"시인생활 58년,
　시집 여럿"

이 두 줄을 보면서 고은 시인은 모든 것을 내려놓았구나, 모든 것을 품었구나 하는 이율배반적 생각을 하게 된다.

시집 첫 장부터 달관과 허와 공의 세계가 시 속에서 펼쳐질 것이라 예상하게 된다. 시집의 첫 시는 「최근」이다. '구글 알파고에게 없는 것/ 그것이 나에게 있다// 슬픔 그리고 마음~(하략)' 이 시를 시작으로 「만년」, 「첫 대면」, 「그 시절」, 「병신년 4월 5일」, 「금성」 등의 시로 이어지며 작가의 현재와 과거, 여기와 거기, 심지어 이승과

저승을 관통하고 넘나들며 개인과 나라의 역사를 읊어내고 있다.

　장편 굿시 「초혼」은 고은이 민족의 영매로서의 입지를 확인시켜주는 시다. 같은 제목의 김소월의 「초혼」의 화자는 누군가의 이름을 부르는데 이 때 이름을 부른다는 것은 그 사람을 한없이 그리워하는 마음의 표현이다. 고은의 「초혼」 속에서 김소월의 시 「초혼」은 '산산이 부서진 이름이여!/ 허공 중에 헤어진 이름이여!/ 불러도 주인 없는 이름이여/ 부르다가 내가 죽을 이름이여'가 고복의식처럼 반복되며 다시 살아난다. 「초혼」 속에서 고은은 신라의 월명사가 되었다가 김소월로 빙의하여 민족의 한을 풀어내고 있다. 삼국시대, 일제강점기, 6.25, 4.19, 광주민주항쟁 등 시대의 아픔과 제주에서 백두까지 우리나라의 상처받은 국토의 상처를 시로 읊조리며 부드러운 달빛처럼 쓰다듬고 있다.


　「나의 행복」에서 개에게, 책에게, 된장잠자리, 나무, 이슬, 일몰, 꽃, 벗, 무덤, 섬, 별, 아내 등 세상의 모든 것과 소통하고자 하는 품 넓은 시대의 어른의 면모와 「행복이여 호젓하여라」에서 시베리아, 오세아니아 세계를 다 다녀도 행복은 '한 뙈기 밭두렁 등 굽은 아낙의 삶'에서 찾아낸다. 행복이란 고단한 삶과 죽음 말고 다른 곳에 없다는 것, 찰나이며 호젓하다고 역설한다. 또 「소원」은 가지는 것이 아니라 없이 사는 것, 가지지 않는 것, 바람이 되는 것이라는 점에서 삶의 깨달음과 달관의 경지에 다다른 시인의 속 깊은 울림이 들려온다.

민족시인, 노벨문학상 후보라는 수식어로 고은을 말하기에는 한정적이고 거추장스럽기까지 하다. 시인이라는 이름만으로 고은을 표현하는 것이 충분하다. 이것은 시 「가을이므로」에서 확연히 드러난다.

'네가 이겼다는 말은/ 내가 졌다는 말이 아니기를 바란다// 내가 이겼다는 것은/ 네가 지고 말았다는 것이 아니기를 바란다// 왜냐// 가을이 왔으므로 가을이 와 계시므로/ 단풍이므로/ 낙엽이므로// 벌써 빈 가지들이 별빛에 설레이므로// 여기에는/ 이기는 것도/ 지는 것도 자리잡

을 수 없으므로'

시인이 시를 쓰는 것 외에 무슨 다른 이름, 무슨 다른 행위가 필요할 것인가 생각해본다. 「가을이므로」 시는 봄이므로, 여름이므로, 겨울이므로, 너이므로, 생명을 가졌음으로, 나이므로 등의 아류를 떠올리게 하며 경쟁하지 않고 평화를 사랑하고 용서해야하는 이유가 무엇에게나 어디에나 존재함을 깨닫게 한다.

성철 스님의 "산은 산이요, 물은 물이로다" 화두처럼 시인은 시인이고, 시는 시다. 그리고 시인 고은은 시인 고은이다. 시대가 하 수상하다고, 배반당했다고 분노하고, 탄식하고 한숨 쉬고 있기보다 마음을 낮게 가라앉히고 여러 수식어를 떼고 오직 시인의 이름으로 돌아온 고은의 낮은 읊조림 속에 담겨진 시대의 큰 울림에 귀를 맡겨 보자.

# 100세까지 살려면 그들처럼
『창문 넘어 도망친 100세 노인』, 요나스 요나손, 열린 책들

남 지 민

세대를 넘어 노인들은 내 몸 자유로이 움직이다가 하늘의 부름을 받고 돌아가기를 원한다. 우리의 어르신들은 무엇을 하면서 100세의 고지를 넘을 것인가? 『창문 넘어 도망친 100세 노인』을 통해 끊임없는 도전과 삶의 일탈을 배워보면 어떨까?

베스트셀러 순위에서 멀어진 지 한참 지난 후 이 책을 읽었다. 베스트셀러의 가치가 있었는가에 대해 마치 감정이라도 해보겠다는 듯이. 이 책은 100세 시대를 예견하

고 스펙터클한 노년기를 응원하며 재미있는 삶에 대한 희망의 메시지를 다소 과격하게 던지고 있다. 혹은 노년들이 지나온 지난 냉전시기 사상에 조소라도 던지듯 소설에서 지난 역사는 어이없이 이루어진 것이 많다. 알렌이라는 중립국 스웨덴의 평범한 사람이 역사의 소용돌이 속에서 지나온 삶과 역사의 아이러니를 보여준다.

2005년 5월 2일 양로원에서 100세 생일을 맞게 되는 알란 칼손은 요양원 원장 알리슨과 직원들이 마련한 생일 파티를 기다리고 있다. 시장과 지역 언론사가 취재를 나오는 등 제법 떠들썩한 잔치지만 혼자 방으로 돌아와 창문 너머로 탈출을 감행한다.

이 책은 알란 칼손이 100세 생일에 탈출한 이후의 사건과 만나는 사람들과의 여정과 100세 이전의 그가 살아오면서 겪게 된 세계 역사의 소용돌이 속에서 겪는 개인사, 이 두 가지 이야기가 씨줄과 날줄로 엮어져 있다.

100세 되기 전의 알란은 1905년 스웨덴 플랜 시에서 태어나 아버지는 러시아 혁명으로 러시아에서 돌아가시고 어머니도 잃었다. 열다섯 살에 폭약회사를 차려 운영했고 실험 중 폭발사고로 정신병원에 24살까지 수용되었다. 고향으로 돌아와 스페인 내전에 다리 폭발 기술자로 참여하다가 프랑스 장군의 도움으로 목숨을 구하고 미국으로 건너가 핵폭탄 개발에 웨이터로 일하다가 부통령 해리트루먼과 친구가 된다.

40세가 되어서 중국 쑹메이링의 국민당을 돕기 위해 중국으로 떠났다가 국민당의 부패에 염증을 느끼고 마오쩌둥의 아내 장칭을 구하게 된다. 42세에 이란 테헤란의 비밀경찰 감옥에 갇혀 퍼거슨 신부를 만나게 되고 러시아 과학자 포포프를 따라 모스크바로 가서 스탈린을 만난다. 블라디보스토크에서 노역을 하다가 탈출하여 북한의 김일성과 김정일을 만나 위험에 처하지만 마오쩌둥을 만나 모면하게 된다.

감옥에서 만난 아인슈타인과 발리로 가서 편안한 생활을 하게 된다. 아인슈타인과 그곳 웨이터이던 아만다를 만나 결혼을 한다. 아만다는 이후 정치인이 된다. 알렌은 미국 스파이로 일하다가, 모스크바에서 스파이 활동을 하다가 77세에 고향으로 돌아왔고 더 나이가 들어서는 양로원을 가게 된다.

100세 생일에 탈출하게 된 알렌은 '네버 어게인' 조직의 돈 가방을 손에 넣게 되고 그 조직에 있는 2명의 조직원, 볼트와 양동이를 우연치 않게 죽게 한다. 돈 가방을 들고 도망가는 과정에서 역 주인 율리우스 욘손, 베리 융베리, 조직 대장 예르딘, 농장집 여인 코끼리를 키우는 예쁜 언니, 베리의 형 베니, 여정의 마지막에 만나는 경찰 아론손 반장까지.

이 인물들은 삶의 사연을 하나씩 갖고 있는 인물들이며 개성을 가지고 있다. 그러나 나름의 개성을 인정하고 5천만 크로나가 든 가방을 가지고 버스를 개조해 코끼리 소냐, 개 부스터를 태우고 여행길에 오른다. 그간의 살인 사건과 돈을 든 가방은 우연의 일치와, 운명으로 장난으로 모두 무죄가 된다. 비행기를 타고 아만다 아인슈타인이 살고 있는 인도네시아 발리로 떠난다. 100세 노인 알란은 양로원을 탈출해 젊은 친구들을 만났고 젊은 시절

친구의 부인인 아만다 아인슈타인과 발리에서 석양이 지는 것을 함께 바라보며 100세에 다시 행복한 삶을 시작한다.

1961년 7월 6일 스웨덴 벡시에서 태어난 작가 요나스 요나손은 대학 졸업 후 15년간 스웨덴 중앙 일간지 〈엑스프레센〉 기자로 일했고, OTW라는 미디어 회사를 설립, 직원 1백 명에 이르는 성공적 기업으로 성장시켰다. 건강 악화로 회사를 매각하고 2007년 스위스 티치노로 이주한 뒤 오랫동안 구상해 온 『창문 넘어 도망친 100세 노인』을 집필했다. 이어 『셈을 할 줄 아는 까막눈이 여자』, 『킬러 안데르스와 그의 친구 둘』을 발표했다.

이 책은 더 이상 무슨 일이 일어나지 않을 것 같은 100세 노인이 무슨 일을 벌이면서  시작된다. 그리고 무슨 일들을 무수히 겪은 노인은 그것을 회피하지 않고 맞서며 새 삶을 개척해 간다. 자신이 젊은 시절 종교와 사상에 얽매이지 않고 생존해왔던 것처럼. 비록 몸은 예전보다 가볍게 움직여지지 않지만 정신은 늘 살아 뛰고 있기 때문이다.

  그의 운명은 살다보니 아니 살아가려다보니 고단하고 때로는 위험하고, 때로는 죄수로, 혹은 원자폭탄을 만드는 전문가로, 권력의 편에서 일하는 인간으로서 현대 세계사를 종단했다. 그는 운명이 이끄는 대로 움직이기보다 그 삶의 순간순간에 최선을 다했다. 이념과 종교는 때때로 삶의 의지를 주기도 하지만 인간과의 갈등과 그 인간들이 살고 있는 사회와 국가 간, 또는 구성원간의 갈등을 유발하게 한다.

  러시아의 혁명, 중국 국민당과 공산당, 스페인 내전, 한반도의 냉전, 미국과 러시아의 갈등 서로 얽히고설킨 현대 세계사의 아이러니를 알란의 삶을 통해 보여주고 있기도 하다. 그러나 개인의 삶은 사상과 국가에 관계없이 앞으로 나아간다는 사실을 알란을 통해 알 수 있다. 국가와 사상이 개인의 삶을 지배할 수도 있지만 알란에게는 별로 개의치 않는 사회 환경일 뿐이다. 알란은 끊임없이 자유를 향해 탈출을 시도하고 행복한 삶을 향해 나아간다.

청춘, ‘아프니까 청춘’, ‘청춘은 바로 지금 청바지’, ‘청춘이란 인생의 기간이 아니라 마음가짐의 상태를 말한다’ (s. 울먼), ‘산다는 것은 경험한다는 것이다, 앉아서 삶의 의미를 고민하고 있는 것이 아니고.’ (파울로 코엘료) 등 청춘에 대한 많은 단어와 말이 있다. 이 말들에 알란 노인의 삶을 대입해 보면 알란은 언제나 청춘이다.

　100세 시대, 준비해야 할 것들이 많다. 노후 자금, 건강, 친구 등. 그러나 지금 그 준비에 걱정거리를 안고 살아가기보다　알란처럼 팔색조의 매력으로 아집을 내려놓고 삶의 현장에서 잘 살아가는 것부터 시작해야 할 듯하다.


　　‘날들은 주들이 되고, 주들은 달들이 되었다.’

　노년의 하루하루를 아무 일없이 보내는 것을 작가는 위와 같이 표현했다. 그리고 알란을 통해 일단 저지르고 보는 활기찬 노년의 삶으로 안내하고 있다. 자신에게 어떤 노년이 올 것인지 미리 두려워 마시라. 100세는 끝이 아니라 또 다른 시작임을 보여준 알란의 삶을 통해서 진정 살아있는 삶을 사는 데 주저하지 않기를 바란다. 100세까지 살려면 그들처럼.

# 한비, 공자에게 주판을 건네다

『한비자』, 한비, 산지니

배 태 만

　공자와 맹자가 주도한 유가사상[1]에 대비되는 법가사
상[2]이 잘 나타나있는 책이 『한비자』다. 법가사상은 잘

---

1) 노(魯)나라의 공자(孔子)에 의해 시작되어 근대까지 동양사상에 결
　정적인 영향을 끼친 사상으로, 근본정신은 인(仁)의 사상이다.이것
　은 임금에게는 충(忠), 부모에게는 효(孝), 형제에 대하여는 제(悌)
　가 된다. 유가의 주된 사상은 사서오경(四書五經)에 잘 나타나며, 일
　상생활을 가족관계와 사회관계에서 고찰하는 실용적인 교의(敎義)
　를 창제하였다. 맹자 · 순자에 의한 성선설 · 성악설이 있다.
2) 춘추 전국 시대에 부국강병과 왕권의 강화를 위해 유가의 예치가 아
　닌 신상필벌의 원칙에 입각한 엄정한 법치를 주장한 제자백가의 한
　종류로 진나라의 중국 통일에 기여한 사상. 그 대표적 이론가들로는
　상앙, 신불해, 이사, 한비자 등이 있다.

알려진 공자의 유가사상과 달리 비주류 사상으로 대접받고 있다. 이는 조선시대 이후 성리학[3]이라는 대표적인 유가사상이 국가의 이념으로 널리 교육된 영향이 크다. 법가사상은 유가의 이상주의적 경향에서 탈피하여 철저히 현실주의적으로 세상을 해석하여 각박한 이 시대를 살아가는 사람들에게 유용한 길을 보여준다.

한비는 춘추전국시대[4] 말기인 기원전 약 280~230년에 살았던 한나라의 왕족 출신으로, 법가의 마지막 인물이자 법가학설을 집대성한 인물이다. 그가 살았을 당시 한나라는 약소국으로 열강들 사이에서 날로 국력이 줄어드는 위기를 맞고 있었다. 이러한 난국을 타개할 방안으로

---

3) 중국 송나라 때의 유학의 한 계통으로, 성명(性命)과 이기(理氣)의 관계를 논한 유교철학.
4) BC 8세기에서 BC 3세기에 이르는 중국 고대의 변혁시대. BC 770년, 주(周)왕조가 뤄양[洛陽]으로 천도하기 이전의 시대를 서주시대, 이후를 동주시대라고 한다. 동주시대는 춘추(春秋) 시대와 전국(戰國) 시대로 나누어 진다. 춘추시대는 주왕조가 도읍을 옮긴 때로부터 진(晉)나라의 대부(大夫)인 한(韓)·위(魏)·조(趙) 삼씨가 진나라를 분할하여 제후로 독립할 때까지의 시대를 말한다(BC 403년).

법가사상 즉, 법제를 정비하고 부국강병을 도모할 것을 주장했으나 끝내 등용되지 못하고 저술 활동에만 몰두하게 되었는데 그 결과물이 『한비자』이다.

역설적으로 한비의 주장은 경쟁관계에 있던 진나라 군주가 관심을 가졌으나, 한비와 함께 순자5) 문하에서 동문수학한 진나라 신하인 이사6)의 질투와 시기심에 의해 결국 사약을 받고 생을 마감하게 된다. 어찌보면 본인이 주장한 이기적인 인간의 모습에 의해 희생된 안타까움이 있다. 한비는 학문적으로는 순자의 영향을 받아 성악설7)의 입장을 가졌는데, 사람은 욕심이 있기 때문에 자신의 이익을 위해 행동한다고 생각했다. 이는 기존의 유가사

---

5) 중국 전국시대 말기의 사상가로 맹자(孟子)의 성선설(性善說)을 비판하여 성악설(性惡說)을 주장했으며, 예(禮)를 강조하여 유학 사상의 발달에 큰 영향을 끼쳤다.
6) 중국 진(秦)나라 법가류(法家流)의 정치가. 시황제(始皇帝)를 좇아 분서갱유(焚書坑儒)를 단행시켰다. 진나라에 획기적인 정치를 추진하였다.
7) 고대 중국의 유학자 순자(荀子)가 주장한 학설로서 사람의 타고난 본성은 악(惡)하다고 생각하는 윤리사상.

상에 반대되는 논리였다. 한비는 말더듬이에다가 주류에 끼지 못하는 서러움을 겪으며 기존의 유가사상에 대한 반감으로 더더욱 법가에 끌렸을 것이다.

『한비자』는 한나라의 임금에게 올리는 글의 형태로 총 55편으로 이루어져 있다. 진시황은 「고분」, 「오두」 두 편을 읽고 "내가 이 사람을 얻는다면 죽어도 여한이 없겠다"고 탄식했다고 한다. 진시황은 어떤 구절을 보고 그런 마음이 들었을까? 실제로 진나라는 한비자의 법가사상을 기반으로 강국으로 변모되고 춘추전국을 마침내 통일하게 된다. 「오두」편의 "나라가 깨지고 군주가 망하는 것은 유세객의 헛된 주장을 들어주었기 때문인데, 이렇게 되는 까닭은 무엇인가? 군주가 공적 이익과 사적인 이익을 분명하게 구분하지 못하고, 타당한 말과 부당한 말을 제대로 가리지 못하며, 결과에 대해 반드시 처벌하지 않기 때문이다."고 했다. 이 구절은 요즘 우리나라의 상황을 떠올리게 한다.

『한비자』에 흐르는 논리는 법法, 술術, 세勢로 요약할 수 있다. 법과 술은 통치기술을 의미하고 세는 권력을 말한다. 이를 통해 권력관계와 인간관계를 적나라하게 나타내고 있다. 물론 이 당시의 법은 군주가 제정하고 자신의 권력을 강화하기 위한 것이었지만, 법에 의해서 군주 자신도 제약되었다는 점에서 그 당시로서는 혁신적인 주장이라고 할 수 있다.

한비는 "술은 군주가 신하의 능력에 따라 관직을 주고 신하의 건의에 따라 실적을 따지며 생사여탈권을 쥐고 뭇 신하들의 능력을 매기는 것을 이른다. 이는 군주가 단단히 쥐고 있어야 하는 것이다."

- 「정법」편

라고 했다.

세는 한마디로 군주의 권세를 의미한다. 세에 대해서 한비는 이렇게 기술하고 있다.

"현명한 사람이 못난 자에게 굽히는 것은 권세가 가볍고 지위가 낮기 때문이며, 못난 자가 현명한 자를 굴복시키는 것은 권세가 무겁고 지위가 높기 때문이다."

- 「세난」편


　처음 『한비자』를 읽었을 때 이제까지 당연히 생각해 오던 기존의 생각, 즉 인간이라면 모름지기 인의예지의 덕성을 지켜야 한다는 기존 관념으로 인해 한비의 주장에 불편함을 느꼈다. 그러한 불편함은 마키아벨리의 『군주론』8)을 읽었을 때 느낀 감정과 비슷했다. 한비의 냉철한 현실주의적 인식은 몇 천 년이 흐른 뒤 서양에서 나타난 마키아벨리9)의 주장과도 일치하는 점이 많다는 점에서

---

8) 르네상스기(期) 이탈리아의 정치이론가 마키아벨리의 저서. 정치학의 중요한 고전으로, 군주의 통치기술을 다룬 것인데, 군주가 국가를 통치·유지하기 위해서는 무엇보다도 권력에 대한 의지·야심·용기가 있어야 하며, 필요하면 불성실·몰인정·잔인해도 무방하고, 종교까지도 이용해야 한다고 주장하였다.

9) 16세기 르네상스기 이탈리아의 역사학자·정치이론가. 대표작 『군주론』에서 마키아벨리즘이란 용어가 생겼고, 근대 정치사상의 기원이 되었다. 군주의 자세를 논하는 형태로 정치는 도덕으로부터 구별된 고유의 영역임을 주장하였다.

도 선구적이라고 하겠다.

　이기적인 인간 본성을 지닌 통치자를 어떻게 하면 공공의 이익에 충실하도록 할 것인가? 집권자들은 여러 가지 방법으로 자신의 권력을 유지하려고 몰두하면서 자주 공공의 이익에 반하는 행위를 하기도 한다. 개인의 이익을 우선하는 권력자가 있다면 바로 알아보고 이를 견제할 방안을 강구해야 한다. 법과 원칙을 벗어나 권력이 남용되는 상황을 막고 시스템이나 규칙에 의하여 움직이도록 해야 한다. 시스템에 의하지 않으면 힘에 의한 자의적 운영으로 약한 사람들이 상대적으로 피해를 보는 상황이 생기게 된다.

　현실 사회는 '법 없어도 살 수 있는' 이상적인 세상이 아니라는 것을 인정한다면 『한비자』를 읽어야 할 당위성은 충분하다. 이기적인 인간 본성에 좌절하지 말고 꾸준한 노력으로 법과 원칙 그리고 공공의 이익을 중요하게 받아들일 수 있는 여유로움을 가져 보시길….

# 또 하나의 이름, 어머니

『어머니의 눈빛』, 박두홍, 학이사

서 강

박두홍의 수필집 『어머니의 눈빛』은 제목부터 눈길을 끌었다. 승진 시험을 마친 남편 걱정에 '아버지'가 주제인 책 몇 권을 고르던 참이다. 3월 초 두 아이가 서울과 부산으로 각자 집을 떠났다. 요즈음의 50대 초반의 부부에게 흔한 일이다. 기숙사가 처음인 아들아이와 타지의 서툰 직장 생활에 고단할 맏딸에게로 10개월째 오가느라 지친, 마음을 씻어준 책이다.

수필가 박두홍은 2015년 계간 〈에세이21〉로 등단, 대구수필문예회 회원으로 활동 중인 수필가이다. 경남 함양에서 나서, 함양에서 주로 교직생활을 하다, 현재는 대구호산초등학교 교장으로 재직 중이다. 『어머니의 눈빛』은 총 4부 28편의 수필이 따스한 온기를 내뿜는다. 1부 '추억 속의 푸른 밤', 2부 '사랑의 리모컨', 3부 '죽비소리', 4부 '도시로의 회귀'로 구성되어 있다.

'아! 또' 공지사항을 건성으로 보아 약속장소를 착각하였다. 완벽하게 행복할 것 같던 문예교실 기수 모임의 첫 답사 여행으로 책의 첫 장을 열었다. 스스로의 실수가 부끄럽고 참 미안하다. 추운 날 추억과 함께 '추억 속의 푸른 밤'이 그곳에 있다. 5년째 이어진 고향 친구와의 모임은 달빛 푸른 밤, 황토방에서 각자의 아내들과 함께 편안한 잠을 청한다. 집주인의 모습이나 친구들이나 눈앞에 있는 듯하다.

'회갑을 생각하다.' 빈 집과 친구 모임을 간 아내의 외출로 잠시 외로웠던가? 앨범 속 할아버지와 아버지를 만나고 장수시대의 '회갑을 생각하다' 치열하게 삶을 산 오늘을 스스로에게 선물한 뿌듯함이 사뭇 상쾌하다. 터키석 '나자르 본주'가 어머니의 눈길이다. 어머니의 회초리이다. 자상하고 따뜻한 수호신이 되었다. 자상하고 따뜻한 어머니의 눈빛이다.

'막힌 곳을 뚫어야' 한다. 많은 이들이 일자리 부족으로 고통 받고 있다.

"그들의 외침은 바로 내 가족의 아픔이기도 했다. 지난 몇 년간 아들은 취업을 위해 갖은 노력을 다했다. 번번이 실패하고 쓴 잔을 마실 때마다 스트레스로 바짝바짝 말라 갔다. 그는 세상을 향해 열심히 손을 내밀었으나 되돌아오는 것은 공허한 메아리뿐이었다. 겉으로는 웃었지만 답답한 마음이 오죽했을까? 아들을 생각하면 내 가슴도 함께 무너진다."

- p.127

뒷걸음치는 경제 상황에 치인, 할 일 없이 젊음을 소모한 청년들의 외침 뒤로, 크고 작은 기업인의 멍든 몸부림들을 치유할 방법을 찾아야 한다. '거슬림 없는 파격' 은 지루함을 깨워준 강사의 파격에서, 작가 자신의 파격으로 피천득을 만나고 있다. 작가는 회갑을 맞으면서 성장해왔고 거슬림 없는 파격을 통한 새로운 생명과 에너지를 얻었다.

'모성' 에는 생전 어머니가 자주 해 주시던 깍두기 김치와 꼬막무침이 먹고 싶다. 아내는 서울 유학 중인 딸에게서 내일이나 돌아온단다. 내일이면 아내가 좋아하는 김치찌개를 끓여두고 아내를 맞이하리라. 3일 간 출장을 다녀왔다. 시내로 막 들어서는 시간에 남편이 전화를 해왔다. 마중 나온 모습이 반갑다. 청소, 빨래, 식사도 거르지 않았단다.

늦은 밤 문득, 수필집 속의 작가와 남편이 동시에 말을 걸어와, 다시 책을 펴든다. 책 속 여인들은 여전히 따뜻하다. 남편도 어머니와 나를, 따사롭고 다정한 눈빛으로 기억하면 좋겠다. '어머니의 눈빛'은 무엇을 그려내고 있을까? 밤이 깊어도 나를 향하는 어머니의 그 눈빛을 생각하면 내게 절망은 없다. 어머니의 눈빛은 세상의 모든 것을 다 녹여내니까.

# 마음속 태양은 지지 않는다

『천 개의 찬란한 태양』, 할레드 호세이니, 현대문학

|

손 인 선

"지붕 위에서 희미하게 반짝이는 달들을 셀 수도 없었고,
벽 뒤에 숨은 천 개의 찬란한 태양들을 셀 수도 없었네."

- 사이브에타브리지의 「카불」의 일부분

이 책의 제목인 『천 개의 찬란한 태양』은 17세기 페르시아 시인, 사이브에타브리지가 쓴 시 「카불」에서 따왔다. 당시 카불은 장미와 튤립으로 가득하여 눈부시게 아름다웠고 하늘의 천사들도 카불의 푸른 초원을 부러운 눈으로 내려다보았다 라고 묘사할 만큼 번성했다. 할레

드 호세이니는 아프가니스탄의 카불에서 태어나 가족과 함께 미국으로 정치적 망명을 했다. 의대 졸업 후, 틈틈이 소설을 써 2003년 첫 소설 『연을 쫓는 아이』를 발표하면서 데뷔하였다.

텔레비전 채널을 돌리면 안방에서 볼 수 있는 나라 아프가니스탄은 실제 접하기는 어려운 나라다. 2010년 타임지 표지 모델로 코가 잘린 아프가니스탄 여성의 사진이 실렸다. 그 한 장의 사진은 백 마디의 말이나 글보다 크고 강하게 아프가니스탄 여성들의 인권을 드러내주었다. 여성의 인권, 내전, 사생아로서의 삶 등은 유교 문화권인 우리나라에서 그들의 삶이 영 낯설지만은 않다. 남녀차별, 장자우선 등을 거치고 산 우리나라 사람들보다 훨씬 더 가혹한 삶을 살아내고 있었다.

1부는 마리암의 이야기, 2부는 라일라의 이야기, 3부는 마리암과 라일라가 함께 등장하는 것으로 전개된다. 마리암은 부유한 아버지를 두었지만 사생아로 태어나 천대

받으며 어머니와 산다. 아버지를 만나러 간 자신 때문에 버림받았다고 생각한 어머니는 자살한다. 그 후 구두 수선공에게 강제로 시집보내졌지만 유산을 거듭하면서 남편은 마리암에게 폭력을 일삼는다.

또 한 여자 라일라는 여성교육에 관심을 가진 아버지 덕분에 존중받고 자란 딸이다. 전쟁 중에 부모와 오빠 모두를 잃은 라일라를 마리암의 남편인 라시드가 돌봐준다. 라일라의 애인이 전쟁에서 죽었다고 속여 그녀를 두 번째 아내로 맞아들인다. 예순이 넘은 라시드의 탐욕과 죽었다고 알고 있는 타리크의 아이를 가진 것을 알게 된 열네 살 라일라에게는 선택의 여지가 없는 결혼이었다. 두 여자는 처음에는 서로 받아들이지 못하지만 라일라의 딸 아지자가 마리암을 따르고 아지자가 자신과 같은 처지인 히라미로 태어나 서로를 의지하게 된다.

"다음은 여자에 관련된 사항입니다. 밖으로 나갈 때는 부르카를 입어야 합니다. 그렇지 않으면 심하게 맞게 될 것입니다. 화장품은 금지합니다. 장신구는 금지합니다. 멋있는 옷을 입어서는 안 됩니다. 상대방이 말을 걸지 않으면 말해서는 안 됩니다. 남자들과 눈을 마주치면 안 됩니다. 공공장소에서 웃어서는 안 됩니다. 그러다가 적발되면 곤장에 처해질 것입니다. 손톱을 치장해서는 안 됩니다. 그러다가 적발되면 손가락 하나를 자를 것입니다. 계집아이들은 학교에 다닐 수 없습니다. 여학교는 즉시 폐쇄될 것입니다. 여자들은 밖에서 일을 하면 안 됩니다. 간통을 하다가 적발되면 돌로 쳐 죽일 것입니다. 이를 명심하고 복종하십시오."

- p.375

아프가니스탄 여성들의 사회적인 제약을 적어놓은 부분이다. 라일라의 아버지 바비가 한 말 중에 인상적인 말이 있다.

"라일라, 우리 아프간 사람이 쳐부술 수 없는 유일한 적이 있다면 그건 우리들 자신이란다."

- p.185

죽은 줄로만 알고 있었던 라일라의 애인 타리크가 소련과의 전쟁에서 살아 돌아왔다. 라일라가 타리크를 만난 사실을 안 라시드는 라일라에게 죽을 정도의 폭력을 휘두른다. 그 순간 마리암이 삽으로 라시드를 내려쳐 죽이게 된다. 민주주의 국가라면 정당방위로 변호인을 세울 수도 있지만 아프가니스탄에서 여자로 할 수 있는 일은 거의 없다. 라일라와 타리크를 도피 시킨 마리암은 라시드를 죽인 사건으로 사형을 받게 된다.

마리암은 죽었지만 라일라 마음속에 있는 마리암은 눈부신 광채로 빛나는 태양이다. 카불로 돌아온 라일라는 마리암의 아버지 잘릴이 남긴 재산으로 딸 아지자를 맡겼던 고아원을 수리해 아이들을 돌본다. 폐허가 된 곳에서 어려운 사람들에게 도움의 손길을 내미는 라일라는 카불 사람들에게 마음속에 빛나는 태양으로 자리 잡을 것이다. 누군가의 마음속에 빛나는 태양으로 자리 잡는다면 그 삶은 성공한 삶이 아닐까?

각자 처한 환경에 따라 조금씩 다르겠지만 2016년 가을부터 시작된 우리나라의 현실 또한 아프가니스탄과 크게 다르지 않아 보인다. 권력과 돈 앞에서 무릎을 꿇은 자들의 목소리가 커지고 있다. 권력과 돈이 만인을 위해 올바르게 쓰이기를 고민하는 사람들이 촛불 하나 들고 거리로 나섰다. 작은 불빛 하나하나가 모여 어둠을 환하게 밝히기를 바란다. 개개인의 더 나은 삶, 더 나은 인권은 머리 맞대고 하는 작은 고민에서 비롯된다. 암울한 시대지만 누군가의 마음속에 밝고 환한 태양이 될 수 있다면…

# 나를 찾아서

『무진기행』, 김승옥, 맑은창

우 남 희

일상을 내려놓고 홀연히 떠나고 싶을 때가 있다. 일상의 많은 것들이 붙들고 늘어진다고 해도 그럴 때는 망설이지 말고 바람 같이 가볍게 떠나는 것도 좋다. 어디를 가겠다고 계획하지 않아도 좋다. 어디로 가지? 집을 나서긴 했지만 어디로 가야 할지 막막하다면, 어머니의 자궁처럼 포근하면서 온갖 허물을 덮어줄 것 같은 안개가 자욱하게 낀 포구, 무진霧津으로 가라고 하고 싶다. 무진이라는 곳 없으면서도 존재하는 그 곳.

「무진기행」의 무진은 곽재구의 시 「사평역에서」의 사

평처럼 실존 지명이 아니다. 하지만 김승옥 작가가 어릴 때 자랐던 곳이고, 그의 문학관이 있는 순천이 그 배경임을 짐작하는 것은 어렵지 않다. 1964년 대학 4학년 때 발표한 이 작품은 단편소설의 전범으로 알려져 있다. 학창 시절부터 교지에 콩트와 수필을 투고할 정도로 문학적 재능이 있었던 그는 「서울, 1964년 겨울」로 제 10회 동인문학상을 받기도 했다.

'무진' 의 명물은 그 이름에서도 알 수 있듯이 안개다. 안개는 불확실한 앞날을 은유하기도 하지만 밝은 세상을 만날 수 있다는 희망을 내포하기도 한다. 주인공인 희중은 장인과 아내가 제약회사의 전무 자리를 마련할 동안 무진에 다녀오라는 권유를 받는다. 이야기는 그가 자욱하게 안개가 낀 무진으로 내려오는 것으로 시작된다. 돈 많은 과부를 아내로 맞아들이면서 탄탄대로를 걷게 된 그는 4년 전까지만 해도 앞날이 불투명한 실업자였다.

그가 기다림의 시간을 무진에서 보내게 된 것은 무진

이 고향이기 때문이다. 고향, 말만 들어도 마음이 푸근하고 편안해진다. 기쁠 때보다는 심신이 지쳤을 때 가장 먼저 생각나는 사람이 어머니의 품이고 고향이 아닐까 싶다. 그가 동거녀로 인해 실의에 빠졌을 때, 징병을 피해야 했을 때, 일자리를 잃어 마음이 고단했을 때 왔다면, 이번 무진 길은 제약회사의 전무 자리가 보장된 것이나 마찬가지라 홀가분한 마음으로 내려왔다고 할 수 있다.

고향에 와서 후배도 만나고 친구들을 만난다. 그들과 함께 회포를 풀면서 마음의 여유가 생기면 상대방의 말이 귀에 들리는 법인지 친구의 말 한 마디가 아프게 와 박힌다. "넌 빽 좋고 돈 많은 과부를 물어놓고, 나는 기껏 어디서 굴러온 지도 모르는 말라빠진 음악선생이나 차지하고 있으면 맘이 시원하겠다는 거냐? 내 편에서 끌어줄 사람이 없으면 처가 편에서라도 누가 있어야 하는 거야." 친구는 질투인지 시기인지 분간하기 어려운 말을 내뱉는다.

이런 말을 서슴지 않고 하는 세무서장인 친구, 그를 속물이구나! 라고 생각했지만 어쩌면 그 말은 희중 자신에게 더 잘 어울리는 말이 아닐까 하는 생각이 들기도 한다. 그가 절박했을 때, 든든한 동아줄인 빽의 필요성을 느꼈듯이 서울로 가고 싶어 하는 인숙에게서 자신의 모습을 본다. 시골의 음악 선생이 서울로 가고 싶어 하는 것은 너무나 당연한 일, 희중은 인숙의 빽이 되어주겠다는 생각을 깊이하며 무진을 떠난다.

그렇게 희중은 다시, 무진을 떠났다. 하인숙은 오래 그를 기다리게 될 것이다. 그 기다림은 소설에 쓰여 있지 않아도 소설이 된다. 든든한 빽이 되어주리라 마음 먹고 떠난 희중의 마음이 어찌 편하기만 했을 것이며, 또 그 기약 없는 기다림 앞에 있는 하인숙의 애타는 심정을 짐작할 수 있다. 누구라도 그런 남자 그런 여자가 되어 보지 않았을까 싶다. 그래서 소설은 끝나도 끝나지 않고 오래 남자의 생각이나 여자의 생각을 하게 한다.

그래서 인지 모르지만 무진기행의 배경이 된 그 곳은 여러 번 다녀왔지만, 가보지 않은 곳 같고, 또 다시 가고 싶어지는 곳이다. 갈대 수런거리는 소리 속에서 희중과 인숙이의 밀어를 듣고 싶어진다. 둑길을 걸으면 잠자리 날개 같은 안개가 살포시 나를 감싸주는 상상의 나래를 편다. 그 안개 속에 묻히면 앞이 보이지 않아도 행복해질 것 같다. 오늘이 고달프거든 그대 무진 가는 차표를 사라. 자욱하게 안개 낀 순천만으로 가는….

# 소설가의 서재

『오 봉 로망』, 로랑스 코세, 위즈덤하우스

우은희

좋은 소설이란? 가까운 친구 네이버는 늘 그렇듯 친절하게 여러 가지를 알려주었다. 좋은 소설 위원회를 구성하여 베스트셀러가 아닌 정말 좋은 소설만으로 서점을 연다. 책을 소개하는 이 글이 그 '속'을 무척이나 궁금하게 했다. 보따리 하나가 속을 감싼 채 동그랗게 코앞에 놓여있는 듯 했다. 서점의 이름은 '오 봉 로망(좋은 소설이 있는 곳)'이다. 뒤따른 이 문장은 궁금함을 참지 못하고 기필코 묶인 보따리의 매듭을 풀어 펼치게 만들었다. 소설 속 이방이 프란체스카를 만난 일을 회고할 때처럼 "우연이랄지, 일이 되려니까 그렇게 됐다고 할지" 필자와 소설은 그렇게 만났다.

소설은 마치 추리소설처럼 시작된다. 이름밖에 거론되지 않은 한 사내의 추락사고. 아이 넷을 돌보며 바쁘게 지내는, 운전이 능수능란한 가정주부의 자동차 사고. 이름 있는 소설가 르 갈이 익숙한 산책길에서 괴한들과 맞닥뜨림. 겉으로 봐선 아무런 연관이 없어 보이는 이 세 사람은 사실 8인으로 구성된 '좋은 소설 위원회' 회원들이다. 이방과 프란체스카 외 그 누구도 이들의 신상을 모르는 가운데 누가 왜 이들을 공격하는 것일까? 일요일 오전에 '빈둥대기와 약속'이 있는 이방이 전날 르 갈의 비밀스럽고 다급한 연락을 받고 일요일 오후에 서로 만나면서부터 본격적인 이야기가 전개된다.

몇 해 전 딸을 잃고 별다른 희망 없이 살아가던 프란체스카는 이방을 만나 그동안 꿈으로만 여겼던 '좋은 소설' 프로젝트를 실행에 옮길 결심을 한다. 메리벨의 서점 겸 문구점에서, 책보다는 문구류에 더 주력하는 그곳에서 이방을 만난다. 현존하는 최고의 소설가로 코맥 매카시[1]를 생각하는 사람이 자신 말고도 있다는 사실에 프란체스카는 마음을 굳힌 것이다. 8인의 '좋은 소설 위원회'를 구성하고 그들이 추천한 책으로 서점 '오 봉 로망'을 개점한다는 야심찬 계획을 이방과 함께 추진한다.

'좋은 소설' 프로젝트는 순조롭고도 들뜬 상태로 두 사람 모두에게 시간 가는 줄 모를 만큼 신나게 진행된다. 프란체스카의 계획이 어찌나 구체적인지 나도 모르게 계산기를 가져와 책의 권수와 책값의 평균을 곱하고 있었다. 글은 전지적 작가 시점에서 쓰였지만 중간 중간 화자가 등장하여 이야기의 전개만큼 빠르게 내달리는 독자를 낚아 세운다. 옮긴이의 말을 빌면 아주 "의뭉스럽게" 화자가 들어오는 것이다. 덕분에 필자는 '천천히 읽기'와 '씹어 읽기'의 습관이 저절로 실천되었다.

사실 '오 봉 로망'에는 프란체스카 할아버지의 뜻이 담

---

1) 미국의 소설가. 윌리엄 포크너, 허먼 멜빌, 어니스트 헤밍웨이와 비견되는 미국 현대 문학을 대표하는 한사람. 국경3부작에 해당하는 『모두 다 예쁜 말들』, 『국경을 넘어』, 『평원의 도시들』이 대표적이다.

겨 있다. "소설에는 예외적인 상황, 생사의 선택, 거대한 시련만 있는 게 아니란다. 지극히 평범한 곤란, 유혹, 그렇고 그런 환멸도 있는 거야. 다른 어른들은 문학과 삶은 다르다고, 소설 나부랭이는 아무것도 가르쳐 주지 않는다고 할 테지, 그 사람들이 틀렸단다. 문학은 알려주고, 가르쳐주고, 단련시켜 준단다." 문학이 중요한 이유와 그에 따른 확고한 신념이 있었던 할아버지의 말씀은 프란체스카에게 많은 영향을 주었다.

"문학은 쾌락의 원천이고 보기 드물게 마르지 않는 기쁨의 하나이지만 그게 다는 아니라고요. 문학이 현실과 분리되면 안 돼요. 그게 핵심이에요. 그래서 난 절대로 '픽션fiction' 이라는 단어를 쓰지 않아요." 소설이 'fiction 허구' 라는 이유로 자주 읽지 않았던 게 사실이다. 필자에겐 허구 보다는 팩트가 중요했고, 사는데 있어 문학보다 비문학 책이 훨씬 더 필요했다. 사실이다. 맞다. 적어도 이 소설을 읽기 전까지는 그랬다.

역시나 '좋은 소설' 이어서 일까. 서점은 소설 애호가들의 열렬한 지지를 받으며 대성황을 이룬다. 물론 『고요한 아침의 나라』2)가 없다는 게 말이 되느냐, 굉장한 소설이지 않느냐고 항의하는 손님들도 있지만, 주문해 드릴까요? 물으면 대부분 자신은 소장하고 있지만 단지 이곳에 비치되어 있지 않은 게 불만이라는 것이다.

그러던 어느 날, 신문에 '오 봉 로망'의 '좋은 소설'에 대한 비난성 글이 칼럼으로 실린다. 나중에는 '좋은 소설이란 무엇인가?'로 인터넷에서 뜨거운 논쟁거리가 되고, 이방과 프란체스카는 때로는 맞서기도 하고 때로는 무시하기도 한다. 하지만 다른 신문에서 개인의 신상과 함께 서점 '오 봉 로망' 전체에 대한 비방의 글을 싣게 되자 급기야 프란체스카는 같은 신문에 반박문을 게재한다.


"문학, 고통, 기쁨, 공포, 멋이 존재한 이래로 인간의 위대함은 위대한 소설들로 표현되어 왔다. 이런 소설들을 옹호하고 끊임없이 알려야 할 필요가 생겼다. 뛰어난 작품들이 알아서 빛을 발하고 저절로 독자를 얻는다고 생각한다

---

2) 재미 한인 소설가 강용흘(1898~1972)의 『초당』의 프랑스어판의 제목

면 착각이다. 우리는 꼭 필요한 책, 장례식 다음 날에도 읽을 수 있는 책을 원한다. 세상에 사랑이 있음을 증명하는 책을 원한다. 우리는 좋은 소설을 원한다."

- p.351 ~ p.353

책은 하나의 커다란 서가를 방불케 한다. '좋은 소설'로만 가득 채워진 서재와 같다. 8인의 소설가 이름과 그들의 작품은 작가의 창작에 의한 것이나, 소설 속에 나오는 대부분의 소설과 작가는 실제 작품과 실존 인물이다. 책에 나오는 많은 소설들은 필자로 하여금 스스로가 생각하는 좋은 소설과의 교집합을 찾아보게 하는 재미를 주었다. 500쪽이 넘는 이 소설이 결코 길지 않게 느껴지는 건 작가의 발상의 전환이 소설 속 곳곳에 비치되어 생각지 못한 의외성을 선사하기 때문이리라.

저자 로랑스 코세는 1950년 프랑스 볼로뉴에서 태어났다. 기자로 활동했으며, 프랑스 예술 문화 전문 라디오 채널에서 유명 예술인들의 인터뷰를 프로듀싱했다. 장편

소설 『남쪽 방』으로 데뷔, 『총리의 여자』로 대중에게 알려졌으며, 『베일의 귀퉁이』로 가톨릭작가상과 아카데미 프랑세즈 롤랑 주브넬상을, 『이젠 글을 쓰지 않으시나요?』로 아카데미 프랑세즈 단편소설상을 수상했다. 2015년에는 출간된 모든 소설을 검토하여 수여하는 아카데미 프랑세즈 대상을 받으며 프랑스 문학을 대표하는 작가 중 한 사람으로 떠올랐다.

# 소멸의 이데아가 존재한다면

『희랍어 시간』, 한강, 문학동네

이 다 안

　한강의 『채식주의자』를 읽고 한동안 거기에서 벗어날 수가 없었다. 감명 깊은 영화를 보고 나면 오랫동안 그 여운이 남아 있는 것처럼. 나무가 되려했던 그녀 영애는 나무가 됨으로써 완전한 채식주의가 된다고 생각했는지도 모르겠다. 그녀의 삶이 한동안 뇌리에서 사라지지 않았고 한강이란 소설가에 대해 궁금해지기도 했다. 작가의 의도를 책을 읽으면서도 읽어내기가 쉽지 않았다. 그렇지만 분명한 건 이해하기 까다로운 작품을 읽고 나면 한참을 그 내용 속에 머물러 있다. 나는 그런 예술작품들이 좋다.

건조해지는 정신에 수분을 공급해 주기 때문이다.

한강의 작품을 연속적으로 읽고 싶어 책방에 들렀다. 여러 작품이 나와 있다. 3대 문학상에 속하는 맨부커상을 받은 작가라 눈에 띄는 곳에 책이 진열되어 있다. 『채식주의자』, 『소년이 온다』, 『희랍어 시간』, 『흰』 등 여러 권이다. 『희랍어 시간』이란 책 제목에 관심이 쏠렸다. '말을 잃어가는 한 여자의 침묵과, 눈을 잃어가는 한 남자의 빛이 만나는 찰나의 이야기' 라고 표지에 쓰여 있다. 말과 빛의 홍수 속에서 살면서도 소통의 부재가 이루어지는 것이 오늘날의 현실이다. 말과 눈을 잃은 다른 세계의 두 사람이 어떻게 소통하는지는 이 시대가 요구하는 화두가 아닐까 싶다.

한강의 『희랍어 시간』은 남자와 여자의 이야기를 번갈아가며 서술하고 있다. 총 21부로 나누어져 있다. 소설에서 시점을 구분하는 방법이 있는데 여기서는 서술자가 인물을 바꿔가며 서술의 초점을 달리하며 썼다. 그래서였는지 첫 부분은 내용이 왔다 갔다 하니까 조금 당황스럽고 이해가 언뜻 되지 않았다. 작가 한강은 최대한 정확하게 쓰고, 작가가 하려고 하는 말, 쓰려고 하는 분위기를 정확하게 옮기려고 행간을 띄우기도 하고, 이텔릭체로 기울이기도 했다고. 정황과 감정을 최대한 전달하려는 실험적인 시도였다고 말한다. 역시 소설도 문법이 까다로운 수동태와 능동태 말고 중간태를 가진 희랍어를 꼭 닮았다.

어린 시절부터 영민한 그녀는 네 살 때 스스로 한글을 깨쳤다. 자모음에 대한 인식 없이 모든 글자를 통문자로 외웠다. 초등학생인 오빠로부터 한글 구조를 듣고 막연한 느낌을 받았다. '나'를 발음할 때 ㄴ과 '니'를 발음할 때의 ㄴ이 미묘하게 다른 소리를 낸다는 것을 발견했고, '사'와 '시' 역시 다른 소리라는 것을 깨달았다. 조합할 수 있는 이중모음을 만들어보다가, 'ㅣ'와, 'ㅡ'의 순으로 결합된 이중모음만은 모국어에 존재하지 않으며 그것을 적을 방법도 없다는 것을 알았다. 그 소소한 발견들이 그녀에게 생생한 흥분과 충격을 주었다.

그녀가 가장 아끼던 단어는 '숲'이었다. ㅍ은 기단, ㅜ

는 탑신, ㅅ은 탑의 상단, ㅅ-ㅜ-ㅍ이라고 발음할 때 먼저 입술이 오므라들고, 다음으로 바람이 천천히 조심스럽게 새어나오는 그 느낌을 그녀는 좋아했다. 닫히는 입술, 침묵으로 완성되는 말, 발음과 뜻, 형상이 모두 정적에 둘러싸인 '숲'이라는 단어처럼 인상 깊은 단어들을 일기장 뒤에 적기 시작했다. 일기장 뒤에 적었던 단어들이 스스로 꿈틀거리며 낯선 문장을 만들었다. 그 언어들이 수시로 잠을 뚫고 들어와 신경이 위태롭게 예민해져 갔다.

설명할 수 없는 고통과 자신이 내뱉는 한마디 한마디의 말이 소름끼치게 분명하게 들렸다. 아무리 하찮은 문장도 완전함과 불완전함, 진실과 거짓, 아름다움과 추함을 선명하게 드러내고 있었다. 그녀는 자신의 혀와 손에서 하얗게 뿜어져 나오는 거미줄 같은 문장들이 수치스러웠다. 토하고 싶고, 비명을 지르고 싶을 만큼. 수천 개의 바늘로 짠 옷처럼 그녀를 가두며 찌르던 언어가 그녀가 열일곱 살 되던 해 갑자기 사라진 것이다.

그녀는 대학을 졸업하던 해부터 육 년을 출판사와 편집 대행사에서 일했다. 그 일들을 그만둔 뒤에는 칠 년 가까이 수도권의 두 대학과 예술고등학교에서 문학을 강의해왔다. 시집 세 권을 삼사 년 정도의 간격으로 묶어냈고, 격주로 발행되는 서평지에 여러 해째 칼럼을 기고해왔다. 최근에는 문화잡지의 창간 멤버로 매주 수요일 오후 기획회의에 참여하고 있었다. 열일곱 살에 사라졌던 언어가 고등학교 시절 모국어가 아닌 낯선 외국어로부터 그녀의 침묵이 깨졌다. 그런데 또 그것이 왔다, 그녀는 하고 있던 일들을 모두 중단했다. 그것에는 어떤 원인도, 전조도 없었다. 다시 언어를, 말을 잃어가고 있었다.

　남자는 유전적으로 서서히 시력을 잃어가는 병을 앓고 있다. 안경 없이는 생활이 어렵다. 빛이 없이는 어둠 속을 볼 수가 없다. 어둠 속의 어둠, 움직이는 어둠을 그는 보지 못한다. 열다섯 살에 독일로 유학을 떠나 서른 살이 되었을 때 그의 인생 절반이 두 언어 두 문화로 나누어졌다. 시력을 잃게 되는 마흔 살 이후의 시간을 어디서 보낼지를 고민하다 모국어를 쓰는 곳으로 돌아왔다. 고국에 돌아와서 남자는 희랍어와 철학을 가르치는 강사로 일하고 있다. 모국어를 잃어버린 한 여자와 시력을 잃어

가지만 모국어를 선택한 한 남자는 희랍어 강사와 희랍어를 배우는 수강생으로 만나게 된다.

그는 여름방학 종강을 앞두고 마지막 수업을 위해 강의실 건물 현관에 들어섰다. 나가는 길을 찾지 못하고 울어 대다가 다급하게 난간에 머리를 부딪쳐 움츠리고 있는 새를 발견한다. 밖으로 유인해주기 위해 툭툭 치다가 푸드덕 날아오르는 새를 피하려다 손전등과 안경을 떨어뜨린다. 모든 것이 검게 뭉개져 있다. 거리를 가늠할 수 없는 깊은 곳에 뿌옇게 번져 있는 빛 무리 속에 손전등이 있다. 텅 빈 강의실에서 침묵하고 있을 그 여자를 생각한다. 난간을 힘껏 두드리고 소리를 질러 도움을 청한다. 가까운 곳에서 발소리가 멈췄다. 그녀의 두 손이 그의 겨드랑이에 끼워진다.

그가 내민 손에다 오른손 검지로 그녀가 문장을 쓴다. 곧 사라지고 말 찰나의 감촉으로 남자는 문장을 읽어낸다. 가늘게 떨리는 획과 점들이 두 사람의 살갗을 동시에 그었다가 사라진다. 소리가 없고 보이지 않는다. 입술도 눈도 없다. 떨림도 따뜻함도 곧 사라진다. 어떤 흔적도

남기지 않는다. 남자의 손바닥에 여자가 쓴 언어는 금방 사라지지만 갇혀 있는 언어는 남자에게 빛이 되었다. 눈을 잃어가는 남자의 언어와 말을 잃어가는 여자의 언어는 생성과 소멸이다. 생성과 소멸이 그들만의 언어로 다시 태어나 깨끗하고 숭고하기 그지없다. 이렇게 아름답고 온전하게 타인을 이해하면서 소통하는 언어가 어디 있을까. 어둠 속에서 두 사람이 아픔을 공유하며 소통하는 모습이 참 아름답다.

한강의 소설은 역시 매력적이다. 나의 부족한 언어로는 제대로 표현하기 어렵다. 그렇지만 그녀가 말하고자 하는 것이 무엇인지 알 듯 말 듯하다. 음식을 급하게 먹어 체기가 느껴지는 것처럼 한강의 소설은 읽고 난 후에도 소화불량이다. 서서히 소화시킬 시간을 필요로 하기 때문에 그래서 좋다 '이거다' 라고 답을 주는 것이 아니고 여러 갈래로 생각하게 하는 문제를 제시해 준다. 다시 펼쳐보게 하는 책이다. 정신이 건조한 사람들에게 꼭 권하고 싶다. 나는 한동안 또 문득문득 떠올릴 것이다. 펄펄 내리는 눈의 슬픔을 가진 소설 속의 그 여자를.

# 가난하고 불쌍하고 쓸쓸한 것들의 손을 잡다

『우리들의 하느님』, 권정생, 녹색평론사

정 순 희

　권정생은 「강아지똥」, 「하느님의 눈물」, 「엄마 까투리」, 「몽실언니」 등으로 우리에게 익히 알려진 아동문학가이다. 그는 가난한 자에게 필요한 것은 그 가난한 자 곁에서 함께 가난해지는 것이라며 언제나 약자들의 진실한 친구가 되고자 했다. 『우리들의 하느님』은 그동안 다양한 매체를 통해 발표했던 그의 소박한 글들을 모아 1996년 초판 발행된 산문집이다. 당시 인기리에 방영되던 M방송의 한 프로그램에서 이 책을 선정도서로 지정하려고 했을 때 그는 타의에 의해 읽을 책을 정한다는 것이 바람직하지 않다며 단호히 거절했다고 한다. 권정생다운 결정이 아닐 수 없다.

2007년 5월, 권정생은 평생 자신을 힘들게 했던 병마의 사슬에서 놓여 완전히 치유된 자유의 몸으로 훨훨 하늘 나라로 갔다. 그 뒤 1주기를 즈음하여 녹색평론사는 40여 편의 산문이 실린 초판에 김용락 시인의 '권정생 선생 행장'과 조탑리 마을 주민들을 인터뷰한 이계삼의 '이 땅 마지막 한 사람이었던 분'을 보태어 개정 증보판으로 발행하였다. 『우리들의 하느님』은 권정생이 동화작가로만이 아니라 일관된 사상가로서의 면모를 여실히 보여주고 있다. 세속화와 출세지향주의에 함몰된 현실 기독교를 신랄히 비판하고, 욕심으로 파괴된 자연에 대한 연민과 소박하고 가난하게 살아가는 사람들과 지내 온 따뜻한 정을 얘기하고 있다. 이 시대와 각자의 삶 앞에 우리가 어떻게 살아가야 할지 권정생의 목소리는 생생하다.

"한살림 식품가게에 가서 한살림기금이라는 저금통장 같은 것을 받고 현미가루 한 봉지, 들기름 한 병, 쌀 한 봉지도 샀다. 집에 와서 사가지고 온 쌀봉지, 가루봉지, 기름병을 꺼내놓고 갑자기 무슨 큰 죄라도 지은 것 같은 기분이 들어 괴로워지기 시작했다. 한살림에서 무공해 식품이라는 걸 잔뜩 사다놓고 왜 이렇게 갑자기 괴로워지는지 화가 또 난다. 진짜 한 살림은 이웃끼리 마을사람끼리 서로 사고팔고 주고받으며 살아야 되는데 가까운 이웃은 다 버리고 먼 데서 깨끗한 음식만 먹겠다고 한 것이 정말 잘 한 것일까?'

- p.100

'슬픈 양파 농사'에서 힘겹게 양파 농사를 지은 승현이네 아버지가 대도시 도매상에게 헐값에 양파를 넘겨 버린 후 갑자기 양파 값이 폭등하자 실의에 빠진다. 승현이네 엄마는 성급하게 양파를 판 남편을 닦달하고 승현이네 아빠는 그만 견디다 못해 목숨을 끊고 말았다. 그런데 정작 권정생은 이웃의 사정은 챙기지 못한 채 유해 식품을 멀리하겠노라 무공해 식품을 사온 자신을 질책한다. 권정생은 위장 편한 거보다 마음 편한 게 더 낫다는 얘기를 하며 이런 이웃에게 빚진 사람처럼 살았다. 이웃 구멍

가게와 쌀가게 만물동 아주머니한테서 사지 못한 것을 밤새 가슴 아파하는 그를 보며 언제나 자신의 편의가 우선시 되었던 우리의 모습을 돌아보게 한다.

권정생의 교육관은 『우리들의 하느님』 곳곳에 배여 있다. 「쌀 한 톨의 사랑」에서는 아무리 학교에서 바른생활을 가르쳐도 아이들이 자꾸 나빠져 가는 것은 아이들을 자연과 격리시켜 놓았기 때문이라고 한탄한다.

"농촌에는 아이들이 없다. 어쩌다가 몇몇 남아 있는 아이들도 농촌아이라기보다 도시아이로 키우고 있다. 아이들은 학교 공부가 끝나면 시내 학원까지 가서 과외 수업을 받고 더러는 초등학교를 아예 시내로 위장전입 시켜 공부시키는 학부모도 있는 모양이다. 농촌의 아이들도 이제는 도시아이들처럼 공부만 시키고 농사짓는 일을 아예 가르치지 않는다. 우리가 자연을 보호하는 것은 단순히 깨끗한 물을 마시고 맑은 공기를 마시는 것 외에 모든 살아있는 것들과 함께 더불어 살아가려는 마음 때문이다. 자연은 우리에게 먹을 것과 입을 것만 주는 것이 아니라 아름다운 음악과 그림과 시를 선사해 준다."

- p.144

　권정생은 풀 한 포기, 피라미 한 마리, 혹은 작은 꽃 한 송이도 우리와 함께 살아갈 친구이자 선생이라고 생각한다. 그것들은 학교 공장에서 찍어내는 학생 상품과는 전혀 다른 선하고 아름다운 인간을 빚어낸다고 한다. 마당에 자라는 민들레, 병아리, 심지어 쥐까지도 이름을 지어주며 한 식구처럼 살아온 그를 사람들은 때로 이상한 노인네로 여겼다. 하지만 자연을 향한 그의 경외감, 겸손함에서 참된 교육의 모습을 그려보게 한다.

　조탑리 주민들에게 권정생은 살아있는 하느님 같은 존재였다.

　"잡숫는 거하고 뭐하고는 참 가엾게 살아요. 스봉에 옷도 험하고 돈그마이 벌어놓고 한푼 쓰시지도 않고 동네 어

려운 사람들 아무도 모르게 참 많이 도와주셨어. 내보고 적
으라 캐도 한참 적을 수 있을 만치, 절대로 입을 안 띠고 남
도와주셨어."

- p.312


  권정생이 세상을 뜬 후 조탑리 주민들을 만난 이계삼
은 주민 모두가 권정생의 이야기를 할 때면 얼굴에 화색
이 돌았다고 한다. 권정생은 주민들의 형이었고, 오빠였
으며 아들이고 친구였다. 동네 꼬마들에게는 친절한 이
야기꾼에다 키우던 개 뺑덕이한테는 좋은 어미였다. 평
생 오줌주머니를 허리춤에 차고 살면서도 웃음을 잃지
않고 어려운 이를 보면 가만있지를 못한 그는 천상 우
리들의 하느님임이 틀림없다. 그리고 보면 권정생의 눈
물과 손길과 발길이 머물렀던 가난하고 불쌍하고 쓸쓸한
모든 것들도 하늘을 버리고 인간에게 내려온 하느님이
아닐까? 아마 권정생도 그렇게 생각했을 것이다.


  그가 가고 난 뒤 빌뱅이 언덕 그의 흙집에서 덩그러니

놓여있는 '뺑덕이의 집'이라고 적힌 개집을 보았다. 주인과 함께 그도 훨훨 하늘나라로 간 것 같다. 그러나 우리 곁에 여전히 남아있는 하느님이 있다. 전쟁과 가난, 그리고 외로움과 슬픔 속에서 눈물짓는 그 하느님. 이제 그들에게서 희망과 사랑의 빛을 건져 올리며 손잡아 줄 이는 누구인가? 『우리들의 하느님』을 통해 살아있는 권정생의 목소리를 듣는다면 우리들도 무언가를 위해 희생할 수 있는 작은 용기 하나 쯤은 갖게 될 것이다. 그 작은 용기가 간절해지는 요즘 이 책을 펼쳐야 할 이유다.

# 비극적 운명을 녹이는 열정의 힘

『열정』, 산도르 마라이, 솔

정 순 희

헝가리 작가 산도르 마라이의 대표작 『열정』은 1942년 처음 발행되었다. 2차 세계대전 후 헝가리가 공산주의 체제로 바뀌자 망명생활을 시작한 마라이는 1989년 결국 헝가리로 돌아오지 못하고 세상을 떴다. 이듬해 1990년, 『열정』은 공산주의가 붕괴된 헝가리에서 재간행 되어 위대한 유럽 작가의 재발견이라는 칭송을 받았다.

『열정』은 인간의 내면에 자리 잡은 감정과 더 깊은 곳에 있는 본성에 대한 인식, 그리고 지독한 비극 앞에 진실을 알고자 하는 가슴 에이는 이야기이지만 의외로 줄

거리는 간단하다.

쌍둥이 형제처럼 이십사 년을 붙어 다녔던 헨릭과 콘라드는 부인을 사이에 두고 원수가 되었다. 그 후, 사십일 년 만에 만난 두 사람이 하룻밤 나누는 이야기가 글의 전부다. 대부분 헨릭의 독백에 가까운 말이지만 헨릭의 입을 빌린 마라이의 정신과 삶이 녹아 있는 진실한 인간 내면의 토로이다.

"우리는 전나무 사이 수풀 속에 서 있었어. 앞장 서 가던 내가 발길을 멈추었지. 앞쪽 삼백 보 떨어진 곳에서 사슴 한 마리가 전나무 사이로 뛰어 나왔기 때문이지. 태양이 촉수로 노획물, 세상을 더듬듯이 아주 가만가만히 날이 밝고 있었네. 사슴은 공터 끝에 서서 위험을 느끼고 수풀을 응시했어.… 자네는 내 뒤쪽으로 조금 떨어진 곳에 서 있었지. 나는 자네가 총을 들어 어깨에 올리고 조준하는 것을 느꼈네. 그리고 자네가 한쪽 눈을 감고 총구가 서서히 돌아가는 것을 느꼈지. 내 머리와 사슴의 머리는 정확하게 일직선상에 있었네. 나는 자네 손이 떨리는 것을 느꼈네."

- p.182

  사십일 년 전, 사냥터에서 벌어진 이 일로 헨릭은 콘라
드와 비참한 운명의 소용돌이에 빠졌음을 감지한다. 그
들 사이에 크리스티나가 있음을 알게 된 헨릭은 우정과
사랑의 배반에 몸서리친다. 그 후 헨릭은 아내와 말 한
마디 나누지 않고 8년을 지내다 결국 주검이 된 아내를
떠나보낸다. 사십일 년 동안 사라졌던 콘라드가 찾아온
날, 헨릭은 과거로 가는 태엽을 감듯이 그 때를 떠올리며
그동안 자신이 어떻게 지내왔는지를 말한다.


  "우리가 사랑하는 사람이 우리를 사랑하지 않거나 우리
가 바라는 대로 사랑하지 않아도 참을 수밖에 없네. 배반과
신의 없음도 참아야 하고 자기보다 인품이나 지성이 뛰어
난 사람이 있어도 참아야 하지. 이 가운데 마지막 것이 가
장 어려운 과제일세. 여기 숲 한가운데서 일흔다섯 해 동안
나는 그런 것들을 배웠네."

헨릭은 아내도 친구도 떠나버린 이곳에서 유모 니니와 함께 침묵의 시간을 참고 참으며 콘라드를 기다려왔다. 콘라드한테서 듣고 싶었던 것은 진실, 그것이었다. 오랜 시간 동안 과거에 메달려 온 헨릭의 고독한 운명을 통해 마라이가 말하고자 한 것은 인간 존재에 대한 열정 그 자체일 것이다.

"나는 진실을 찾고 있고 진실을 찾는 사람은 자기 자신에서부터 시작해야 하기 때문이지. 그런데 세상은 마음 깊이 겸손하고 겸허한 사람만을 잠시 참아 준다네."

콘라드의 진실을 알고 싶은 헨릭은 콘라드의 대답보다 결국은 자기 내면을 더 아프게 바라보았다.

지독하게도 아픈 운명의 끈이 어디서부터 꼬여가기 시작한 것일까? 그것은 헨릭의 아버지가 콘라드를 보고 했던 말에서부터였는지도 모른다.

"콘라드는 절대로 훌륭한 군인이 못 될 거다."

"왜죠?"

아들은 놀라 물었다.

그러나 그는 아버지의 말이 옳다는 것을 알았다.

그리고 세상 물정을 잘 아는 사람의 침착함과 우월함으로 말했다.

"그가 다른 종류의 사람이기 때문이지."

- p.67

서로 다른 사람이 어쩌면 부족한 점을 채워 하나를 만들어간다는 이야기는 처음부터 불가능했는지도 모른다. 콘라드는 헨릭과 달랐고, 크리스티나는 콘라드와 더 같은 사람이었기에 헨릭이 겪은 배반의 무게는 처음부터 헨릭에게 다가올 운명이었던 것이다. 아, 우리가 살아가는 동안 얼마나 많은 만남의 끈들이 연결되어 있는가? 서로 다르지만 어느 한 부분은 분명히 비슷한 무엇인가가 있기에 현재의 삶을 영위하고 있다. 이 얼마나 감사한 일인가?

헨릭은 시간의 속죄 과정이 분노의 기억을 정화시켰

다고 한다. 결국 자신이 콘라드와 크리스티나로부터 배반당한 것이 아니라 무책임한 두 남자가 크리스티나를 배반했으며 이제 노구가 된 그들은 그렇게 살아온 삶 자체도 무의미한 것이 아니었다고 자조한다.

"어느 날 우리의 심장, 영혼, 육신으로 뚫고 들어와서 꺼질 줄 모르고 영원히 불타오르는 정열에 우리 삶의 의미가 있다고 자네도 생각하나? 무슨 일이 일어날지라도? 그것을 체험했다면 우리는 헛산 것이 아니겠지?"

- p.273

헨릭의 마지막 질문을 통해서 산도르 마라이는 우리 내면에 존재하는 자유분방함, 자유에의 충동, 무언가를 향한 고귀한 야성이 열정의 결정체임을 말한다. 배반과 기만과 질투심과 허영심을 우리가 어떻게 다루어야 하는지 『열정』, 행간에서 찾을 수 있다. 동유럽의 아름다운 풍경과 신중한 내면묘사 속에서 벌어지는 『열정』의 뜨거움이 오랫동안 심장을 두근거리게 한다.

# 영혼의 안부를 묻다

『도리언 그레이의 초상』, 오스카 와일드

정 화 섭

　오스카 와일드는 1854년 아일랜드에서 태어났다. 옥스퍼드 대학 시절부터 '예술을 위한 예술'을 기치로 삼는 유미주의자를 자처했으며, 영국의 소설가이자 극작가, 평론가로 활동했다. 오스카 와일드가 남긴 작품으로는 「행복한 왕자」, 「욕심쟁이 거인」과 같은 단편 환상동화가 있으며, 1895년에 연달아 상연된 그 「이상적인 남편」과 「진지함의 중요성」이 큰 성공을 거두면서 극작가로서의 명성이 정점에 달한다. 하지만 이때 동성애 혐의로 고소를 당하고, 파산과 동시에 감옥살이를 하게 된다. 그가 주창한 극도의 유미주의와 자전적인 경험이 담겨있는 유일한 장편소설이『도리언 그레이의 초상』이다.

아름다운 청년 도리언 그레이를 천재화가 바질 홀워드가 그를 모델로 영혼을 불어넣은 초상화를 그린다. 쾌락주의자인 헨리경은 초상화를 보자, 그의 미모에 찬사를 보내며 불후의 명작쯤으로 찬미하게 된다. 뜻밖에 자신의 미모에 과찬을 들은 도리언 그레이는 스스로의 미모에 매혹 당하며, 그림 속의 초상화는 늙어가고 자신은 항상 젊은 상태로 남고 싶다고 소원을 빈다. 말도 안 되는 소원은 거짓말처럼 현실이 되고, 그레이는 세월의 흐름에도 완벽한 미모를 과시하며 향락과 사치에 빠진 나날을 보낸다. 영원한 젊음과 즐거움을 영위하기 위해 악마에게 영혼을 팔아버린 파우스트의 전설처럼 말이다.

배신한 첫사랑 시빌 베인의 자살과 더불어, 악행을 거듭할수록 숨겨놓은 초상화는 늙고 추악한 모습으로 변한다. 또한 세상에 초상화가 드러날까봐 늘 두려움에 갇힌 도리언 그레이는 초상화를 그려준 바질마저 죽이게 된다. 현실을 잊기 위해서는 눈앞의 생생한 모습을 탐미하라는 헨리경의 역설적인 이야기에 무거운 어깨를 기댈 뿐이다. 하지만 나날이 더해지는 권태로움 속에서 양심과 자유를 찾고 싶은 도리언은 초상화를 없애 버리고, 화가를 죽였던 그 나이프로 과거마저 깡그리 지워버리고 싶었다. 흉측한 초상화를 칼로 찔렀건만, 벽에는 눈부시게 빛나는 초상화가 걸려있고, 바닥에는 주름투성이의 추악한 시체 하나가 가슴에 칼을 꽂은 채 누워 있었다.

탐미주의眈美主義라고도 하는 유미주의唯美主義는 미의 창조를 예술의 목적으로 삼는 예술지상주의의 한 지류로서 19세기 후반에 대두된 이후, 프랑스의 보들레르에 의해 구현되었고, 영국에서는 와일드에 이르러 전성기를 이루었다. 미학 운동을 보급하기 위해 직접 나선 미국 강연 여행에서 와일드의 인기는 절정에 달했다. 그가 가는 곳마다 여성들이 무리를 이루었고, 한때는 강연의 사례금만 가지고 외국에서 1년을 지낼 수 있을 정도였다고 한다. 와일드는 대개 정통파로부터 이단시되곤 했는데, 그에 대한 관심은 해가 갈수록 더해져서 예를 들어 1972년한 해만 해도 그의 전기가 1권, 평론이 3권이나 연이어나왔다.

> "이것이 바로 인생의 가장 큰 비밀 가운데 하나야-감각으로 영혼을 치유하고, 영혼으로 감각을 치유하는 것. 자넨놀라운 피조물이야. 자넨 자신이 알고 싶어 하는 것만큼 충분히 알지 못하듯이, 안다고 생각하는 것보다 더 많이 알고있어."

- p.44

여기서 『노자의 도덕경』 56장 지자불언언자부지知者不言言者不知, (아는 자는 말하지 않고, 말하는 자는 알지 못한다)를 떠올리게 하며, 인생의 수수께끼 같은 이야기 오스카 와일드의언어의 향연을 엿볼 수 있다. 화가 버질은 20세의 청년도리언에게서 최고의 미를 발견하고 정성을 기울여 초상화를 완성하는데, 이 그림에 깃든 것은 바로 도리언의 영혼이었다. 도리언은 쾌락주의자 헨리 워튼 경의 영향을 받아 악과 관능의 세계를 탐닉하게 되는데 그 때문에 추악해지는 것은 언제나 초상화의 도리언이며 현실의 그는 변함없이 젊고 아름다운 채로 남아 있다. 실로 객관적인 형식은 실은 가장 주관적인 내용을 담고 있으며, 인간은 자기 자신으로서 이야기할 때 자신에게서 가장 멀어지는 것처럼 말이다.

"아! 세월의 짐은 초상화가 모두 떠맡고 자신은 영원한 젊음을 유지하며 흠 없이 화려한 빛만 발하게 해달라고 기도했던, 오만과 정념으로 똘똘 뭉친 극악무도한 순간들이여! 그의 모든 타락들은 바로 그 기도 때문이었다. 차라리 죄를 지을 때마다 그 즉시 확실하게 벌이 내려졌더라면 좋았을 것을. 차라리 벌을 받았더라면 영혼은 정화되었을 텐데. 가장 공정한 신에게 바치는 인간의 기도는 '우리 죄를 용서하시고' 가 아닌 '우리 죄를 벌하시고' 가 되어야 했다.

- p402

우리는 이 작품을 통해서 외모지상주의에 빠진 화려하지만 덧없는 군무를 본다. 순수한 감정과는 무관한 어처구니없는 또 다른 욕망을 본다. 본래의 자신을 철저히 파괴함으로써 끝내는 파국을 맞는 한 남자의 비극을 통해서 "내 영혼은 건재한가?" 의문을 품어볼 일이다.

"The true artist is man who believes absolutely in himself, because he is absolutely himself.

진정한 예술가는 전적으로 자신을 믿는 사람이다. 그는 철저하게 자기 자신이기 때문이다."

오스카 와일드의 말이다.

# 꿈을 꾸었던 그 시절 사람들
『나의 삼촌 브루스 리』, 천명관, 예담

최 진 혁

　화자는 본인이 아닌 '나'이다. '나'의 삼촌은 이소룡이 아니다. 그저 이소룡이 되길 꿈꾸던 사람이다. 삼촌은 그 꿈을 버리지 못하였다. 그 탓에 독약을 마시고 고향을 떠났다. 살기 위하여 모진 일도 하였다. 꿈을 위해서 중국에도 건너갔다. 결국 자신의 처량함에 좌절도 맛보았다. 그럼에도 미련을 버리지 못하고 충무로를 떠도는 배우가 되었다. 보듯이 그의 삶은 복잡하다. 안 그래도 복잡하던 그의 삶은 사랑을 좇아 더욱 복잡해지고, 감옥에도 들어간다. 그럼에도 그는 꿈을 꾸고 있다.

이런 삼촌의 이야기를 어그러지지 않게 엮어 쓴 작가
는 '천명관'이다. 그는 1964년 경기도에서 태어나 다양
한 직업들을 전전하고 영화계에 발을 들였다. 하지만 자
신의 영화 한편을 만들지 못하고 생계를 위하여 마흔쯤
에 문단에 들어선 소설가이다. 2003년 문학동네에서 단
편「프랭크와 나」로 데뷔하고, 2004년『고래』첫 장편으
로 제 10회 문학동네 소설상을 수상했다. 최근『이것이
남자의 세상이다』를 출판했다.

　　"이것은 영화에 대해 쓰는 마지막 소설이 될 것입니다.
　그동안 나는 영화에 관한 이야기를 자주 다뤄 왔습니다. 첫
　소설『고래』에선 주인공이 극장을 짓고 그 안에서 최후를
　맞이합니다… 이번에 쓰는 소설은 이소룡이 되고자 했던
　한 남자의 이야기입니다. 이것을 끝으로 나는 더 이상 영화
　에 대한 이야기를 쓰지 않을 것입니다. 따라서 이것은 내가
　개인적으로 영화에 보내는 작별인사입니다."

　그는 이번 소설을 자신이 보내는 영화에 대한 작별이

라 말했다. '삼촌'의 삶을 말하자면 작가 본인의 삶을 반영한 것으로 보인다. '삼촌'은 작가 본인의 영화에 대한 미련이다. 작가를 투영한 '삼촌'을 사용하여 자신이 경험한 삶을 단편적으로 보여준다. 또 그를 통하여 자신이 가지고 있던 영화에 대한 미련을 잘라내었다.

배경은 1973년 여름, 이소룡의 죽음으로부터 시작된다. 그 시절 굵은 사건 중심에서 삼촌의 이야기를 다루고 있다. 급격한 산업화, 군부독재, 민주화 같은 격변하던 한국 사회를 한편의 영화처럼 막힘없이 보여준다. 언뜻 본다면 '삼촌'에 관한 이야기로만 보인다. 하지만 그 속에는 당시 꿈을 좇아 살아가던 수많은 사람들의 삶을 보여준다. 말하자면 어딘가에 있었을 사람들의 군상극인 것이다.

그의 문체는 등장인물들이 직접 설명하기보다. 그들의 표정, 행동, 분위기로 보여준다.


"너는 아직도 꿈을 꾸고 있니?

그때까지 삼촌은 정말 꿈을 꾸고 있을까? 그랬다면 그 꿈

은 과연 무엇이었을까? 삼촌은 그때까지도 이소룡이 되겠
다는 꿈을 버리지 않고 있었을까? 아마도 그렇지 않았을 것
이다. 괴물 같은 현실에 부딪쳐 꿈은 산산조각 나고 깊은
회한에 발목이 잡혀 늘 바닥을 알 수 없는 늪 속에서 허우
적대는 기분이었을 것이다… 그날 밤, 삼촌은 마 사장의 말
이 내내 귓가에 맴돌아 눈썹에 안개가 허옇게 내려앉을 때
까지 밤거리를 헤매고 다녔다."

'마 사장'의 질문에 삼촌의 복잡한 심정 대신 '나'가
담백하게 대답한다. 삼촌의 기분은 직접적으로 언급되지
않는다. 그저 행동거지로 그의 미련을 보여준다. 직접적
으로 생각을 표현하지 않음으로 진짜로 꿈을 포기하였는
지, 아직도 미련을 가지고 있는지 생각할 여지를 남겨주
었다. 또 이 장면에서 삼촌이 아니라 주변의 등장인물들
도 꿈이 있었다는 것을 보여주었다.

"토끼는 목이 메어 말이 나오지 않았지만 이를 악물고
울음을 참으며 힘겹게 말을 이었다.

- 너는 이제부터 자랑스러운 역전파의 일원이다.

그 말이 강원도 산골 군부대 연병장에서 억울하게 맞아 죽어가는 도치에게 위안이 되었을까? 피로 범벅이 된 도치의 얼굴엔 보일 듯 말 듯 희미하게 미소가 떠올랐다. 그리고 곧 고개를 옆으로 떨어뜨렸다."

'도치'의 마지막 미소가 어떤 의미를 가졌는지는 나오지 않는다. 단지 도치의 꿈은 역전파에 들어가는 것이었다. 그것을 도치가 말로 하는 품위 없는 표현 대신 그저 희미하게 미소 띠었다는 주변사람들의 설명으로 대신하고 있다. 그저 단순히 죽어가는 순간 근육의 경련으로 인한 미소였는지도 모른다. 하지만 이것을 읽으며 꿈을 이루었다는 '도치'의 환희를 보여준다.

그 시절 힘든 사람들의 이야기를 담고 있는 이 책에서 나는 꿈을 떠올렸다. 나와는 다른 사람들의 이야기이지만, 나의 이야기를 찾았다. 사람들의 꿈을 보여주듯, 나의 꿈도 떠올리게 하였다. 꿈을 가졌던 누구에게나 이 책은 값진 보물이 될 수 있을 것이다.

# 살기 위한 삶의 이야기

『숨그네』, 헤르타 뮐러, 문학동네

추 필 숙

루마니아에서 태어난 헤르타 뮐러는, 독재정권에 반대하는 작가들의 모임에 참여해 글을 쓰기 시작했다. 데뷔작 『저지대』는 금서 조치되었고, 비밀경찰의 감시와 압박을 피해 1987년 독일로 망명했다. "응축된 시정詩情과 산문의 진솔함으로 억압받는 사람들의 삶의 풍경을 사실적으로 묘사했다"는 평가를 받으며 2009년 노벨문학상을 수상했다.

실제로 5년간 수용소 생활을 했던 뮐러의 어머니와 동료 시인 파스티오르의 생생한 증언을 바탕으로 쓰였으

며, '숨그네' 라는 말은 숨이 그네를 탄다는 뜻으로, 생사
가 오락가락하는 목숨의 위태로움을 의미한다. 책의 무
대가 된 수용소는 우리가 상상할 수 있는 모든 최악의 상
태를 넘어선다. 그럼에도 읽는 내내 방심한 틈에 정곡을
찔린 듯한 문장에 끌려 책을 내려놓을 수가 없다.

　동성애자였던 레오는 루마니아에 사는 독일인이라는
이유로 소련의 강제수용소로 끌려간다.


　　"열일곱이면 떠날 때도 되었다고 생각했다. 나는 뒹구는
　　돌에도 눈이 달린, 골무 같은 소도시를 벗어나고 싶었다.
　　그래서 두렵다기보다는 은근히 조바심이 났다. 나는 나를
　　모르는 곳으로 가고 싶었다."


　그랬다. 그저 현실에서 달아날 기회일지도 모른다는
마음으로 화물열차에 몸을 실었다.
　수용소에서의 삶은 극한의 강제노동과 극도의 배고픔
을 견디는 것이었다. '삽질 1회＝빵 1그램' 이라는 절대공
식만이 통하는 곳이다. 그 중에서도 더 고통스러운 건,

누구도 대신해 줄 수 없는 배고픔이다. 레오는 배고픔을 견디기 위해 자신 속에 '배고픈 천사'가 함께 산다고 생각한다. 레오가 배고플수록 독자는 더욱 허기가 지고, 레오가 눈물을 참으면 참을수록 독자는 대신 울게 되는 부분이다.

"너는 돌아올 거야. 그 말을 작정하고 마음에 새긴 것은 아니었다. 나는 그 말을 대수롭지 않게 수용소로 가져갔다. 그 말이 나와 동행하리라는 것을 몰랐다. 그러나 그런 말은 자생력이 있다. 그 말은 내 안에서 내가 가져간 책 모두를 합친 것보다 더 큰 힘을 발휘했다."

레오가 수용소로 떠나기 전에 할머니에게 들은 그 말은 수용소 생활 내내 배고픈 천사와 맞서는 레오의 방패가 되어 주었다.

굶주림에 익숙해질 뿐, 레오가 겪었던 '뼈와 가죽의 시간'은 누구도 겪고 싶지 않은 시간임에 틀림없다. 남자도 여자도 아닌 그저 뼈와 가죽만 남은 사람들에게 성性이 무슨 소용인가? 그러다가 수용소에서의 마지막 해에 임금을 받아 굶주림을 면하면서 사람들은 다시 남자와 여자가 되었다. 그렇지만 배고픔은 여전히 사라지지 않았다. 사람들은 배고픔의 기억만으로도 평생 배고픔을 느끼는 것이다. 배를 채우면 사라질 줄 알았던 배고픈 천사는 숨그네가 멈출 때까지 레오를 떠나지 않을 것이다. 독자들은 물 한 잔, 준비해 두고 읽을 수밖에 없다. 목이 마르다가 목이 탄다.

밀러는 한 인터뷰에서 '수용소 시절의 배고픔이 내 창작의 원천'이라고 밝힌 바 있다. 그렇듯 이 소설의 전체를 아우르는 키워드는 배고픔이다. 뼈와 가죽의 시간은 레오의 인생에서 5년이었지만, 배고픈 천사는 평생 그와 함께 했다. 강제수용소에 관한 많은 문학작품들이 이미 우리에게 전쟁의 공포와 비극을 누누이 알려주었다. 그러나 이 책에는 사상과 이념 따위는 없다. 오로지 '배고픔' 하나만으로 모든 것을 말한다. 단지 살기 위한 삶의 이야기가 있을 뿐이다.

레오가 수용소 사람들과 명아주와 전나무와 감자와 뼈

꾸기시계에게 갖는 조건 없는 연민을 떠올리며 주인공은 정말 집에 돌아갈 수 있을까, 내내 기다리며 읽었다. 반전의 결말을 희망하며 읽었다. 그러나 레오는 끝내 탈출하려 하지 않았다. 영웅이 되려 하지도 않았다. 그래서 돌아온 레오의 삶이 더 오래 뇌리에 맴돈다.

주인공의 좌충우돌 성장기도 없는 문장을 그저 차분하고 처연하게 따라가기만 하는데도 소름이 돋는 것은, 한 줄 한 줄 문장에서 느껴지는 고통 때문이다. 문득 평화의 소녀상이 떠오른다. 강제 징집이나 강제 노역의 역사가 우리에게도 아직 현재진행형임을 되새겨 본다.

책의 앞표지, 지면 아래로 3분의 2가 검은색으로 덮여 있고 나머지 윗부분에 그림이 들어가 있다. 영국 화가 조지 프레드릭 왓츠의 '희망'이라는 작품이다. 두 눈을 가리고 불편한 자세로 악기를 든 사람이 그려져 있다. 인간은 어둠과 불안 속에서도 마지막 한 가닥 남은 현을 연주함으로써 살아있음을 보여줄 수밖에 없다는 듯이. 레오의 희망과 겹쳐지면서 오래 바라보게 된다.

비문학

지혜와 사랑의 이름으로

# 하수와 고수의 차이

『일생에 한번은 고수를 만나라』, 한근태, 미래의 창

김 민 정

저자 한근태는 한스컨설팅 대표로서 지금은 국내 유수 기업의 컨설팅 자문을 해주고 있으며 서울과학종합대학원 교수로 재임하고 있다. 작가는 지난 십수 년간의 강의와 20여 권의 저서를 통해 소개해왔던 여러 에피소드를 연결하는 하나의 키워드 '고수' 를 소개한다.

이 책은 '과감한 시작' 이라는 에세이로 시작한다. 모든 일에는 시작이 있고, '시작이 반이다.' 라는 말로 중요성을 깨우쳐 준다. 그동안 바쁘다는 핑계로 이리저리 피하며 나중을 기약하였는데 "지금 하지 않으면 나중도 없고 나중은 오지 않는다"는 말에 나의 행동을 돌아보며 다음을 기약하며 미루던 모습을 반성하게 했다.

"행동이 자신감을 회복시킨다. 행동하지 않는 것은 두려움의 결과이자 원인이다. 행동이 성공을 보장한다. 어떤 행동이든 하는 것이 하지 않는 것보다 낫다."

- P.16

는 말이 생각난다.

총 5장으로 구성되는데 1장에서는 '고수로 가는 길'이라는 타이틀로 자기 관리의 중요성과 자신의 한계를 넘어보면서 도전정신을 가지고 자기 자신이 가지고 있던 전공에 대한 집착을 버리라는 이야기를 하고 있다. 2장에서는 '고수, 그들이 사는 방식'으로 일을 할 때 몰입의 중요성을 말하고 있으며 디테일하면서 심플하게 사는 방법과 시간의 중요성을 나타낸다. 이어서 3장에서는 '고수의 마음관리'로서 호기심을 가지는 것이 마음을 풍요롭게 해주며 긍정적인 마인드의 중요성을 보여준다. 4장에서는 '고수의 생각법'으로 관찰력과 여러 각도에서 보는 방법에 대해 이야기하고 엉뚱한 생각으로 역발상하는 모습이 나온다. 마지막 5장에서는 '고수, 사람을 얻다'는 주제로 인간관계의 중요성에 대한 내용을 다룬다.

고수와 하수를 비교하는 모습이 많이 나오는데 읽을수록 '이래서 하수라고 하는 거구나, 고수가 된 사람들은 저렇게 다르구나'를 느꼈다. 특히 놀랐던 구절이 있다.

"1967년 박정희 대통령이 4명의 건설사 대표(현대, 대림, 삼환기업, 삼부토건)를 초대한 후 소양강댐 계획을 얘기했다. 엄청난 얘기에 다른 사람들은 이 정보를 어떻게 활용할 것인가, 어떻게 이 공사를 참여할까, 낙찰가를 어떻게 할까 하며 머릿속이 복잡했다. 그런데 현대 정주영은 달랐다. 그는 재무 담당을 불러 현금을 두 배로 늘린 후 소양강댐으로 인해 상습 침수 지역을 벗어나게 될 곳을 지도상에 그리고 그 땅을 집중적으로 매입하기 시작한다. 그곳이 지금의 압

구정동이다."

- p.204

이처럼 같은 정보를 갖고도 대응 방법이 다른데 고수는 보는 눈이 다른 것처럼 나도 남들이 짧게만 바라보았을 때 넓게 바라볼 수 있는 보는 눈을 키워야겠다고 느꼈다.

하수는 복잡하고, 여유롭지 못하며, 창조성을 해치는 오만함과 변화에 대해 두려움을 가지고 있다. 그리고 자신과의 대화를 저해하는 무의미한 인간관계 등을 유지하고 있으며 부정적이다. 위 사실은 우리가 익히 인지하고 있지만 쉽게 버리지 못하는 나쁜 생활 습관과도 같다. 책을 통해 소위 성공한 이들에게서 다시 듣는 이런 메시지들은 나 자신을 돌아보기에 충분하다.

"항공학적으로 땅벌은 날 수 없다. 그러나 땅벌은 그 사실을 모르기 때문에 계속 날아다닌다."

- p.174

미래를 알 수 있는 사람은 아무도 없다. 미래는 우리 스스로 만들어 가는 것이다. 그 핵심에 있는 것이 바로 긍정성이다. 우리가 살아가면서 흔히 듣는 버려야 할 습관, 하지만 그들이 현 위치에 오르기까지 있었던 소소한 에피소드를 통해 '무엇을 취하고 무엇을 버려야 할지, 선택의 정점에서는 어떤 행동이 미래를 좌우하는지' 라는 교훈을 얻을 수 있는 유익한 책이다. 그러므로 한번 쯤 쉴 때 이 책을 읽어보는 것을 추천한다. 이 책을 통해 진정한 고수를 우리 삶에서 발견하고 나 자신도 그 '고수' 라는 이름에 가까워질 수 있기 위해 노력할 것이다.

# 지혜와 사랑의 이름으로

『인문학은 자유다』, 얼 쇼리스, 현암사

서 강

얼 쇼리스[1]는 자신의 도움이 필요한 자리에서 죽는 순

---

1) Earl Shorris, 1936~2012년
2) 클레멘트 코스란, 노숙자, 매춘부, 범죄자와 같은 사람에게 인문학을 가르치는 과정으로 얼 쇼리스가 제창함. 미국의 빈곤과 더불어 세계의 빈곤에 대한 실험적 과정으로 찬사 받고 있으며, 지금까지도 동참자들에 의해 영역을 확장하고 있다. 첫 과정에서 노숙자, 전과자, 약물 중독자 등을 31명 모아서 플라톤과 아리스토텔레스 등의 인문학을 가르치기로 시작, 31명 중 17명이 수료했고 이들 중 2명은 치과의사가 되었고 전과자였던 여성은 약물센터의 상담실장이 되었다. 이를 계기로 이후 17년 간 '참가자가 스스로 자신의 힘으로 비참하고 절망적인 처지에서 벗어 날 수 있게 돕는 수단으로 인문학을 제안' 하고 확장해 나갔고 쇼리스의 사후인 지금도 이어지고 있다. 이들이 중시하는 것은 인간답게 사는 법과 더 나은 삶에 대한 참가자들의 고민에 대안으로 인문학적 교육을 제시하고 있다.'

간까지 빛을 발했다. 그는 미국의 언론인, 사회비평가로, '클레멘트 코스[2]'를 만들고 발전시킴으로써 인문학 전도사로 불린다. 정치[3] 교육을 받지 못하는 사람들조차, 자존감이 중요하며, 이 '클레멘트 코스'를 통한 인문학교육이 자존감 향상에 큰 효과를 준다고 확신하였다.

『인문학은 자유다』는 얼 쇼리스가 1995년부터 암 투병을 하던 생의 마지막 순간인 2012년까지 총17장[4]에 걸쳐 '클레멘트 코스'를 준비하고 진행했던 기록이다. 클레멘트 코스의 '지역프로그램[5]'을 함께 만들고 진행하면서 그들이 기울였던 노력에 대한 찬사이다. 운영자들과 저자가, 어떤 장소에서 어떤 활동을 함께 했는지 쉽게 이해

---

3) '정치'란 선거에서 투표한다는 의미가 아니라 페리클레스가 말한 의미 즉, 가족부터 시작해 이웃, 더 넓은 공동체와 도시국가에 이르기까지 모든 단계에서 다른 사람과 함께하는 활동을 뜻함(저자, 주)
　얼 쇼리스는 '가난한 사람들이 가난에서 벗어나지 못하는 악순환의 원인을 - 삶에서의 정치적 결여 - 로 보았다.
4) 매 장마다 서로 다른 지역에서의 과정을 적었다.
5) 지역별 클레멘트코스는 이하, '지역프로그램'으로, 얼 쇼리스가 만든 전체 과정 '클레멘트 코스'와 구분 지칭함

할 수 있게 적고 있다.

　1장 '시작, 그리고 10년 후 도착한 편지'는 1995년 뉴욕에서의 클레멘트 코스의 탄생과 첫 프로그램에 대한 내용이다. 1995년 뉴욕 시 북부에 있는 베스퍼드 힐 교도소에서, 살인사건에 연루되어 8년째 복역 중이던 여죄수[6]와의 질문과 답변이 계기가 되었다. '사람들의 가난의 이유'가 '시내 중심가 사람들의 정신적 삶' 즉 인문학 교육의 부재 때문이라는 것이었다.

　이를 계기로 '로베르토 클레멘트 가족보호센터'가 교도소와 뉴욕시에서 처음 클레멘트 코스를 시작하였고, 지금까지 전 세계 수만 명이 넘는 참가자들이 지역 프로그램들을 거쳤다. 클레멘트 코스이론[7]에 공감하는 사람

---

6) 비니스 워커, 일명 니시. 얼 쇼리스에게 '시내 중심가 사람들의 정신적 삶' 즉 인문학교육 중요성을 말함. p55.
7) 『희망의 인문학』: 얼 쇼리스(번역 이병곤, 임정아, 고병헌), 출판사 이매진, 2006년, 클레멘트 코스 이론 및 기본적인 틀을 소개, (부제: 클레멘트 코스 기적을 만들다)

들의 의지와 사려 깊은 준비 과정이 원동력이었다.

베링 해 근방의 얼어붙을 듯 추운 마을과 나우아트어를 쓰는 멕시코시티의 고지대에서, 서울과 시카고 여러 지역의 노숙자들 틈에서, 아프리카와 아르헨티나로 교육과정이 번져갔다. 그 오랫동안, 클레멘트 코스는 보이티우스[8], 페트라르카[9], 로버트 메이너드 허틴스[10] 등 서구 고전이 바탕이 된 교육과정을 엄격하게 고수했다.

2장 '차이와 차별을 넘어'는 시카고 이주민 오디세이 프로그램이다. 지역프로그램을 맡을 앨런이 면접에 참여하면서 한 말이 이 책의 전부이다.

---

8) (위키백과) 아니키우스 만리우스 토르콰투스 세베리누스 보이티우스(라틴어: Anicius Manlius Torquatus Sererinus Boethius, 480년~524년)는 로마 최후의 저술가·철학자

9) (위키백과)프란체스코 페트라르카(Francesco Petrarca, 1304-1374)는 이탈리아 시인·인문주의자

10) (위키백과)로버트 메이나드 허친스(Robert Maynard Hutchins, 1899.1.17~1977.5.17) 미국의 교육 철학자, 고전과 인문학 중심의 교육 이론과 방법을 제창하고 실천했다.

"아, 알겠어요. 이 코스는 자유를 가르치는 것이로군요."

- p.100

또한, 프로그램의 주역은 바로, '옳은 길을 가겠다고 결심을 했었던 변화한 개개인' 이라고 한 저자의 말도 의미가 크다.

30대로 세 아이의 엄마였던 한 참가자[11]가 말한 '각자의 변화 자체' 가 핵심이기 때문이다.

"클레멘트 코스가 제가 교육을 더 받을 수 있게 이끌어 준 건 분명하지만, 저는 이미 결심을 한 상태였어요. 저는 교육이라는 길 위에 있었고, 거기에 클레멘트 코스가 들어왔어요. 그건 살아남기 위한 길이었죠……. 저는 이미 그 길 위에 있었다고 생각해요."

- p.103

---

11) 리타 펠컨

3장 '따로 또 같이' 는 위스콘신 주 매디슨 프로그램이며, 4장 '인디언들의 노래' 는 - 눈물의 길 - 오클라호마의 프로그램에 대해 썼다. 5장 '하나의 대륙, 다른 세계' 는 아프리카 가나와 수단 프로그램에 대하여 썼다. 6장 '독재의 땅에서 가르친 자유' 는 수단 다르푸르 난민촌 프로그램이다. 7장 '아가페, 혹은 인문학의 힘' 은 캐나다 헬리팩스에서 보낸 자기반성의 밤이라는 부제가 달려있다.

클레멘트 코스가 추구하는 두 가지 정신 즉 지혜와 사랑이 만남으로써, 코스의 전 과정이 변화를 이끌어냈다.

"소포스(지혜로운 사람)는 니시와 내가 교도소에서 이야기를 나눴을 때부터 내 계획에 있었지만, 아가페(일상생활에서의 '사랑' )는 다른 이야기였다."

- p.207

"인문학은 '들리는 소리' 다. 인문학을 사랑한다는 건 우리 자신이 틀렸을 때를 아는 것이며 세상에서의 긴 여정에

서 인문학의 자기 비판적 특성이 우리를 이끌게 하는 것이
다. 인문학을 공부할 때 우리가 희망을 품게 되는 것은 이
때문이다."

- p.112

8장 '반응하는 삶에서 성찰하는 삶으로'는 매사추세츠
매스휴머니티스의 수업 보고서이다. 9장 '얼음의 땅, 지
혜의 사람들'은 알래스카 원주민들과 꿈의 세계에 대한
기록이다. 10장 '가난하지만 가엾지 않은'은 부에노스아
이레스 프로그램이다. 11장 '벽을 대하는 한 가지 방법'
은 찰스턴, 미국 남부의 첫 프로그램이다. 12장 '사라진
문명의 후예들'은 멕시코의 마야와 아즈텍 프로그램이
다. 13장 '쉽지 않은 길'은 오스트레일리아 시드니 프로
그램이다. 14장 '세상 속으로, 빛 속으로'는 솔트레이크
시티 벤처 프로그램이다. 15장 '안-녕-하-세-요'는 아시
아의 첫 프로그램인 대한민국 서울 프로그램이다. 16장
'나뭇가지 사이로 보이는 숲'은 워싱턴 주 제퍼슨 카운
티 프로그램이다. 17장 '새로운 여정이 시작되다'는

2011년 시카고 할런 고등학교 프로그램이다.

결론은 '가난한 이들을 위한 세계 인문대학'을 원한 저자가 진정으로 바란 것은 '의지를 가진 사람의 발견'이었다. 단순한 프로그램의 확산이 아니었다.

인문학과 민주주의가 만나는 여행이 삶에서의 자유로움에 도달되기를 희망한다. 자신만의 방법으로 각자의 자리에서 할 수 있는 일을 사유하기를 희망하는 이들에게는 이러한 질문의 답을 마련하게 할 것이다.

"지역프로그램의 참가자가 변화했다면, 단순히 프로그램만의 효과일까?"

# 짜장면 is 뭔들!

『자장면이 아니고 짜장면이다』, 민송기, 학이사

서 미 지

『자장면이 아니고 짜장면이다』는 우리가 현재 쓰고 있는 말에 관한 책이다. 현 고등학교 국어교사이면서 국가 수준성취도 평가 출제위원과 EBS 수능특강 강의자를 지낸 민송기 선생님(이하 민 선생)이 재미있고 단단하게 풀어내고 있다. 그러나 국어 학자처럼 표준어 규정에 관하여 지루하게 밝혀내는 방식이 아니다. 현대인에 의해 선택되거나 사라지는 말의 생성과 소멸에 대하여 적절한 예를 통해서 설명하고 있다.

제목을 '자장면이 아니고 짜장면이다' 로 정한 것도 그런 맥락과 닿아 있다. 말에 삶의 양식과 사고방식이 반영되고 언어생활에 각인된다고 보면 짜장면은 대표적 사례가 아닐까. 짜장면은 1986년 표준어에서 제외되었다가 2011년 8월 31일 다시 복수 표준어로 지정되었다. 짜장면은 25년 동안 실제 언어생활에서 꾸준히 사용되다가 복수 표준어로 살아남았다고 한다.

"사람들은 표준어를 바른말 고운 말이라고 생각한다. 그런데 국립국어원에서 '짜장면' 이라고 쓰지 말고 '자장면'이라고 쓰라고 그렇게 이야기를 했는데도 사람들이 '짜장면' 이라고 쓰는 이유는 무엇일까? 그것은 말이라는 것이 사람들의 삶 속에서 생겨나서 끊임없이 변화하는 것이기 때문이다. 그래서 그 속에는 오랫동안 말을 써 온 사람들의 삶과 더 적절한 말에 대한 감각이 녹아 있다." [1]

- p.4

---

[1] 머리말

민 선생은 머리말에서 사라진 말과 남아 있는 말에는 '더 적절한' 이유가 있을 것이라고 말한다. 이는 언어가 갖는 6가지 특성(시간의 흐름에 따라 생성·변화·소멸하는 '역사성', 사회적 약속으로 보는 '사회성', 언어로 끊임없이 새롭게 표현하는 '창조성', 문법체계를 언어의 '규칙성', 소리나 글자로 나타내는 '기호성', 언어의 형식과 의미 관계를 절대적으로 보지 않는 '자의성')을 대변하는 말이기도 하다.

말은 이렇게 저렇게 쓰라고 해서 정해지는 것이 아니라 사람들이 인정하고 사용하면서 굳어지는 것이다. '민 선생의 우리말 이야기'라는 부제처럼 이 책은 사람들의 삶 속에서 적절한 말로 인정된 우리말을 '쉽고, 가볍게' 소개하고 있다. 전체는 4부로 구성된다. '제1부-바른말 고운 말에 대한 고정관념을 넘어서, 제2부-논리적으로 생각해 보는 말, 제3부-문학 읽기의 즐거움, 제4부-즐기는 우리말 공부'에 걸쳐 다양한 관점이 펼쳐져 있다.

제1부에서는 '스펙'처럼 순화어로 대체하는 것이 이 시대에 호응받기 어려운 이유나 '너무'가 부정적인 의미

임에도 불구하고 긍정적으로 쓰이는 현상을 현실성에 맞추어 이야기한다. 또한 '수고하세요' 나 '바램' 처럼 맞춤법이 틀린 것을 알면서도 사용하는 것에 대하여 규범만을 강조하지 않는다. 친교적인 말들이 자연스럽게 흘러나오는 것을 자연스럽게 받아들이는 것이 정감 있다고 말한다.

제2부에서는 〈복면가왕〉이라는 텔레비전 프로그램 이름을 가져와 우리말이 갖는 복면과 가면의 미세한 차이를 설명한다. 또 미숙한 연기를 일컫는 '발연기' 를 '아이돌 가수 출신인 장수원 씨' 와 재미있게 연결시키기도 한다. 이러한 방식으로 민 선생은 고정된 틀에서 벗어나 딱딱한 규범만을 역설하지 않는다. 시대의 미세한 변화를 우리가 쓰고 있는 일상 언어 속에서 발견하는 방법을 직접 보여준다.

제3부는 시와 소설 등의 작품을 통해 일상과 문학이 분리되는 것이 아니며 작품을 해석할 때 삶과 연결시켜 읽는 재미를 직접 구현하고 있다. 민 선생은 아이유의 〈제제〉 가사가 논란이 발생한 이유를 기발함을 인정하지 않

는 경직된 자세로 보았다. 문학작품의 생명력을 끊임없는 재생산과 창의적인 재해석으로 놓고 보았을 때, 아이유의 분석은 그 기발함에 점수를 주어야 한다는 것이다. 이야말로 기발한 해석이다.

제4부에서는 제목에서부터 '국어 공부를 잘 하는 법'이나 문법과 수능 국어와 관련된 내용의 비중이 엿보인다. 고3을 담임한 국어교사로서 제자들에 대한 애틋한 정이 곳곳에 묻어나는 장이 많다. 2016년 수능 국어에서 이의 제기된 문항을 제시하고, 이를 대비하여 예비 수험생들에게 어휘 공부를 제안하기도 한다. '사전적 의미와 문맥적 의미'에서는 최근 수능 국어 경향을 친절하게 설명해 주고 실수를 줄이라고 당부한다.

최근의 칼럼 [민송기의 우리말 이야기] 〈국어 12번에 '꽂히다'〉[2]에서 민 선생은 '꽂힌'에 음절의 끝소리 규칙이 적용하는가에 대한 논란의 확산 이유가 국립국어원 온라인 가나다의 답변 때문이라고 꼬집는다. 이 답변에

---

[2] 2016년 11월 28일자 매일신문 칼럼

의하면 '꽂힌'은 음절의 끝소리 규칙이 적용되는 것으로 보지만, 이에 대해 민 선생은 용례를 통해 음절의 끝소리 규칙이 적용되지 않고 바로 축약이 된다고 분석한다.

민 선생의 책과 칼럼에 '꽂힌' 이유를 생각해 보았다. 이제까지 읽은 문법 관련 책이나 국어능력시험 교재와 맞춤법 책들은 재미와 거리가 멀었다. 반면에 「자장면이 아니고 짜장면이다」는 끝까지 재미있고 재치가 넘친다. 새로운 사물이나 현상에 대입하거나 공통점이 있는 말과 연결하여 말을 설명하는 방식에서 이전의 책들과는 다른 재미가 느껴졌다.

국어를 문법과 문학에 대한 이해로만 볼 것이 아니라, 우리의 일상과 연결시키라는 머리말을 곱씹어 보았다. 올해 중2가 되는 막내가 친구와 나누는 전화 통화나 문자에서 종종 낯선 단어를 듣거나 본다. 초성을 사용하여 표현하는 'ㅇㅈ(인정), ㅉㅉ(쯧쯧), ㅂㄷㅂㄷ(부들부들 떨릴 만큼 화가 난다), ㅇㄱㄹㅇ(이게레알), ㅂㅂㅂㄱ(반발 불가), ㄱㅅ(감사), ㅈㅅ(죄송)', 신조어인 '낄끼빠빠3), 고답이4), 취존5), 빼박캔트6), 답정너7), 케미갑8), 갓수9),

걸크러쉬[10], 사이다 언[11], 핵사이다[12], ○ ○ is 뭔들[13] 등
이다.

신조어는 대부분 지나치게 줄인 줄임말이나 새로운 단
어일 경우가 많고, '인터넷·SNS(Social Network Service)·일상
대화'에서 신조어를 사용한다고 한다. 신조어를 쓰는 이
유로는 친구들과의 순조로운 대화를 위해, 습관적으로,
표준어보다 신조어가 익숙해서라는 설문 결과가 나왔
다.[14]이들은 운명이 갈려 사라지거나 남겨지거나 '짜장

---

3) "낄 때 끼고 빠질 때 빠져라"라는 뜻으로 분위기 파악을 하고 융통
   성 있게 행동하라는 뜻
4) 고구마를 먹은 듯이 답답하게 구는 사람
5) 취향 존중의 약어로 타인의 취향을 존중한다는 의미
6) 빼도 박도 못한다(can't)
7) 자신이 원하는 답이 있을 때 상대방에게 그 대답을 요구하는 말 "답
   은 정해져 있고 너는 대답만 해라"라는 문장의 줄임말
8) chemistry (사람 사이의 화학반응 혹은 이성적 끌림)+갑(甲) 최고의
   합성어. 두 사람 관계가 매우 잘 어울림을 뜻함
9) God + 백수, 일반인보다 풍족하고 여유로운 백수
10) 여자가 여자 연예인이나 동경하는 여성에게 반하는 것 혹은 여자
    를 설레게 하는 여자를 일컬음
11) 발언을 속 시원하게 했다는 뜻
12) 엄청 시원하다에서 '사이다'는 '답답함을 속 시원하게 뚫어준다'
    란 뜻으로 반대말은 '고구마'이다.
13) ○ ○는 뭘 해도 다 좋다는 긍정의 뜻

면' 처럼 살아남을 것이다.

『자장면이 아니고 짜장면이다』를 재미있게 읽으면서
도 역설적이게도 우리가 쓰는 말의 법칙을 찾고 해석하
는 일이 얼마나 어려운지 생각했다. 그럼에도 불구하고.
물 흐르듯 자연스럽게 쓰여지는 말은 자연스럽게 받아들
이고, 사전적·문맥적 의미가 갖는 미세한 차이를 이해
하는 자세를 배우게 되었다. 자! 이제 '핵사이다' 처럼 시
원하게 '짜장면' 이라고 말하자. 짜장면 is 뭔들!

---

14) [출처] 2016년 신조어! 청소년들의 줄임말, 얼마나 알고 있니?, 지학
사

# '삼류 서평자'의 알리바이

### 『書書飛行』, 금정연, 마티

우 은 희

시국이 어수선한 가운데 시위에 참여하겠다는 아이를 혼자 광화문으로 올려 보내고 주어진 일을 한다. 생업 때문에 주말밖에는 시간이 없다는 이유 혹은 변명으로. 시위야 나 아닌 많은 사람들이 이미 하고 있지만, 이 일은 나 아니면 누구도 대신 할 수 없기 때문이라고 스스로 위로한다. '내가 이러려고…' 자괴하는 것보단 훨씬 낫지 않겠는가.

이 책은 저자가 MD[1]로 일하던 시절부터 전문 서평가로 활동하는 현재까지 써내려온 서평들 중 67편을 추려 엮어낸 서평집이다. 책의 부제목 '생계독서가 금정연 매문기'가 눈에 띈다. 이해를 돕기 위해 『김수영 전집』을 평한 「김수영 사용법」에서 미리 발췌해 보는 것도 좋겠다.

> " '우선 나는 매문賣文을 하고 있다. 매문은 속물이 하는 짓이다. 속물 중에서도 고급 속물이 하는 짓이다'라고 쓴 이가 바로 김수영이다. 나는 그나마 '고급'이란 말을 좋아하는 속물이고, 속물에게는 숫자가 필요하고, 숫자를 맞추려면 원고를 써야 한다. 결국 마음을 다잡고 자리에 앉아 꾸역꾸역 원고를 마무리 지은 후에도 김수영은 여전히 유용하다. 이를테면 다 쓴 원고가 마음에 들지 않는 경우, 소심한 나를 비웃기라도 하듯 그는 이렇게 말한다. '그것은 그냥 글씨의 나열이오. 미안하오. 그 글씨의 나열에 대해서 오천 원이나 받아서 미안하오.' "

- p.304

---

1) merchandiser : 납품업체를 컨텍하고 판매 전략을 만들어 판매를 촉진시키는 업무를 하는 사람

책은 비행 준비, 이륙, 고도 확인, 야간비행, 악천후, 임시 착륙 총 6장으로 구성되었다. 장을 이루는 제목이 특이하다. 그렇듯 67편의 서평이 평한 책을 '꼭 닮거나, 닮으려고 노력한' 모습으로 각 장마다 10편 남짓으로 나누어져 수록되었다. 저자는 책이 재난이 되는 상상을 하는데 아마도 자신의 직업과 책의 관계를 묘사한 듯하다. 책의 홍수시대에 휩쓸려가지 않기 위해 상상의 비행기를 탄다. 책 자체가 재난이 되어 무너지고 떨어지는 책을 피해  그 사이 사이를 날다 어느새 책장 속의 페이지 사이를 유유히 날고 있는 모습을 상상한다. 그러나 그 비행기 역시 '책을 동력으로' 날고 있다.

저자는 한양대학교 국어국문학과를 졸업하고 인터넷 서점 알라딘에서 인문분야 MD로 일했다. 지금은 여러 매체에 전문서평가로 책에 관한 글을 기고하고 있다. 책 없이는 못 사는 애서가도, 책 안에 모든 것이 있다는 독서광도, 더 이상은 독자를 유혹하는 서점 직원도 아닌, 스스로를 생계 독서가라 말한다. 독서가 위로나, 교양이나 승진, 또는 삶을 바꾸기 위해 행해지는 것만은 아니라고, 저자는 독서에 관한한 또 다른 '세계'가 있음을 자신만의 문체로 당당하게 이야기한다.

좋은 서평이란 무엇인가를 놓고 저자는 고민한다. 서평가 못지않게 책에 대해 잘 쓰는 사람들이 넘쳐나는 지금 이 시대에, 가끔씩은 인터넷의 장바구니에 책을 담고 싶을 정도로, 또 드물게는 반짝 빛을 내며 새로운 시각을 보여주는 글들도 있지만 여전히 좋은 서평을 찾기란 힘들다. 인터넷의 발달로 정보로서의 서평은 이미 가치를 잃었다. 그렇다면 '파워 북로그'들의 경우는 어떤가. 보도의 어디까지가 사실인지는 모르겠으나 출판사에서 먼저 그들에게 책을 보내기도 하고 그들이 먼저 요구하기도 하면서, 출판사와 저자를 찬양하며 수익을 얻는다면 직업적인 서평자의 곤란한 생계를 더욱 어렵게 하는 일 외에 어떤 의미가 있을까.

우선 글의 형식에 대해 저자는 초등학교 시절의 독후감상문과 현란한 이론들이 난무하는 평론 사이에 어정쩡하게 끼어 제대로 읽히지도 못하고 버려지는 출판사 마케팅 도구, 전단지 신세의 서평이라 말한다. 설령 그렇다 하더라도 우리는 서평에 대해 분명 무엇인가 기대하는 바가 있을 것이다. 저자는 인터넷 시대 서평의 진정한 효용을 "호들갑 떨지 않는 담담한 서평은 공허한 단어들의 잔치에 지친 우리들에게 다시금 읽고 쓰는 행위의 소중함을 일깨워주기 때문"이라 말한다. 그런 다음 "온몸을 던져서라도 지키고픈 책과 아무리 생각해도 사랑할 수 없는 책에 대한 진심어린 각자의 이야기들을 듣고 싶은 것이다."

"좋아하는 책에 사랑을 고백하는 일에 주저하지 않고, 참을 수 없는 책에 불평하기를 망설이지 않으며 쓸데없이 공정한 체하지 않는" 자신의 판단과 감정에 정직한 서평자. 그것은 아마도 저자 자신을 포함한 모든 서평자가 그러하길 바라는 것인지도 모른다. "우리 모두는 책을 존중하고, 출판사가 손해를 입기를 바라지 않으며, 저자의 안녕을 바란다"고.

좋은 서평에 대한 답은 너무 뻔한 사실이지만 "좋은 서평 이전에 좋은 '글'이어야 한다는 것"이다. 저자가 글을

잘 썼더라면 아마도 소설가가 되었을 것이다. 저자 자신
도 부인하지 못할 것임에 틀림없다. 그러나 그에게는 좋
은 '글'을 가려내는 혜안이 있다. 몰랐던 책은 친근하게,
알았던 책은 새롭게 볼 수 있는 재치가 이 책에는 있다.

　밀란 쿤데라는 자신의 전집 『커튼』에서 우리 인간 문명
의 역사적 '연속성의 의식'을 설명하면서, 무리하지 않
고도 자신이 좋아하는 작가들의 작품 연대기를 정확히
알고 있었다고 한다. 그래서 '아폴리네르가 『칼리그람』
다음에 『알코올』을 썼으리라고는 결코 생각할 수 없었
다'고 말한다. 그렇다. 나도 금정연이 서평집 『난폭한 독
서』 다음에 『書書飛行』을 썼다고는 결코 생각할 수 없다.
물론 책의 마지막에 '삼류 서평자의 고백'이라고 에필로
그 한 것은 그저 젊은 작가만이 누릴 수 있는 재기발랄함
이나 자신만만함을 등에 업고 부리는 엄살이라는 것쯤은
나도 알겠다.

# 나의 미래는? 내 아이의 미래는?

『정해진 미래』, 조영태, 북스톤

이 웅 현

　서울대학교 보건대학원 교수인 조영태는 우리나라에 처음으로 인구학이라는 학문을 가지고 들어온 사람이다. 사람들이 태어나고, 이동하고, 사망하는 인구현상을 통해 사회의 특성과 변화를 읽어내는 인구학자이기도 하다. 고려대학교를 졸업하고, 미국 텍사스 대학교에서 석·박사 학위를 취득하였다. 우리나라뿐만 아니라 미국, 일본, 중국, 베트남 등 주요 국가들의 인구변동 특성을 통해 미래사회를 예측하려는 연구를 수행하고 있으며 인구학자의 눈으로 우리가 정해가야 할 미래의 전략을 제시하는 일을 하고 있다.

우리의 미래를 정확히 그려보려면 눈에 보이는 통계수치를 사회적 역량과 주변국과의 관계 등 다양한 요소와 연계해 적극적으로 해석해야 한다. 이것이 조영태 교수가 연구하고 강조하는 '인구학적 관점'이다. 이 책은 일반인에게는 다소 생소한 '인구학적 관점'이라는 기준을 통해 미래를 예측하고 대비하는 전략을 알려준다.

현재가 아닌 미래를 기준으로 삼아라. 인구의 변화를 통해서 보라. 소형아파트는 과연 돈이 될까? 요즘 한창 이슈가 되고 있는 소형아파트 투자를 통한 재테크의 답을 얻을 수 있을 것이다. 저출산 시대, 모든 것이 공급과잉이다. 좋아지는 것은 대입 경쟁률뿐이다. 그러니 사교육에 많은 돈을 지출하지 마라.

청년실업의 해법은 장년층의 무차별 해고로 해결할 수 있다. 청년들이 들어갈 자리에 기득권층들이 그대로 남아 있으니 들어갈 자리가 있겠는가? 저출산으로 인구가 줄어든다고 취업이 쉬워질 것이라고 생각하지 마라. 기업들이 예전에는 비숙련 노동력을 교육을 통해서 키웠지만 이제 기업도 교육으로 비숙련자를 키워 나갈 여력이 없어졌다. 따라서 20대가 들어갈 수 있는 노동시장이 다른 연령대에 비해서 좁아져 있는 것이다.

미국에서는 매년 인구학회가 열린다. 내가 처음 학회에 참석했던 것은 2000년이었다. 그 때 한국에서 유학 온 학생은 나밖에 없었다. -중략- '아 나는 희소성이 있으니 졸업하면 한국에서 교수가 될 수 있겠다.' -중략- 2015년에 역시 미국인구학회에 참석했을 때의 일이다. 내게 인사하고 가는 한국학생이 15명이나 되었던 것이다. 처음에는 뿌듯하고 기분이 좋았다. 한국에서도 인구학에 대한 관심이 커지고 있구나 싶었다. 그러다 점점 불안해지기 시작했다.

'이 친구들이 졸업하면 뭘 하지?'

- p.80 , p.81

인구변화에 따른 사회적 변화를 단적으로 보여주는 대목이다.

4인 가족을 핵가족이라 부르던 때가 그리 오래 되지 않았다. 그로부터 약 30년 정도 지난 지금은 1인 가구가 대세다. '혼밥, 혼술 등은 1인 가구의 삶을 그대로 반영한 단어다. 편의점이나 식당 등에서도 1인 가구에 맞춘 식단이나 생활용품이 쏟아져 나온다. 수요자와 공급자들 간의 생존전략이 맞아 떨어진 것이다.

인구학의 관점에서 볼 때 청년실업, 산업구조, 노후준비 등 이 모든 미래는 어느 정도 정해져 있으며, 설명이 가능하다. 그것을 알고 있는가 모르고 있는가가 개인과 사회의 운명에 큰 차이를 가져올 것이다. 인구학적으로 보면 사회적 미래는 어느 정도 정해져 있겠지만 '개인의 미래는 사회적 미래를 기준으로 예측하고 매순간 판단과 선택, 노력을 해나간다면 어느 정도 스스로 정해나갈 수 있다.' 라는 것이 저자의 생각이다.

저자가 이 책을 통해 다양한 생존전략 알려준다. '정해진 미래' 라는 제목에서와 같이 이대로 가면 예측 가능한 미래가 되겠지만 그 과정에서 어떤 노력을 하고 전략을 짜서 대응하는지에 따라 개개인의 삶의 질이 달라질 것이다. 인구학자인 저자의 말에 귀 기울여 들어볼 필요가 있다. 저자의 말과 자신의 상황을 잘 조합해 대응하는 것이 우선일 것 같다. 그 전략을 이 책에서 알려주고 있다.

나의 미래가 궁금하다면, 내 아이의 미래가 걱정이라면 관심을 기울여 볼 만한 책이다.

# 역사는 흐르는 것인가

『대하실록 청일전쟁』, 천순천, 세경

정 송

　1894년 조선에 대한 지배권을 두고 청국과 일본이 한반도에서 벌인 청일전쟁에 관해 쓴 역사소설이다. 당시의 궁정기록, 외교문서, 신문기사 등을 참고하여 청일전쟁의 원인과 경과를 실감나게 표현하고 있다. 저자는 일본에 사는 중국인 사학자이자 작가인 천순천陳舜臣으로 '아편전쟁', '진순신 이야기 중국사' 등을 통해 우리에게 잘 알려져 있다. 이 땅에서 일어난 파란만장한 역사를 생생하게 재현하고 있어 우리에게는 소설로써 뿐만 아니라 역사 자료로도 유용하다. 특히 조선을 중심으로 하는 청나라와 일본의 관계뿐만 아니라 당시의 열강인 러시아, 영국, 미국, 독일 등과의 상호관계도 깊이 있게 묘사하고 있다.

조선은 오랫동안 청나라를 종주국으로 하는 중화질서 속에서 지내왔다. 일본의 강요로 1876년 강화도조약이 체결되자 일본세력이 조선에 침투하게 되었고 종주국을 자처하는 청나라는 종주권을 유지하기 위해 긴장하게 된다. 조선에서 임오군란이 일어나자 조선 조정의 요청으로 서울에 진입한 청국군은 군란을 진압하고, 대원군을 납치하는 등 조선에 대한 청나라의 영향력을 키워나간다. 이에 청나라로부터 독립을 갈망하던 김옥균과 개화파는 일본의 도움을 받아 갑신정변을 일으켰으나 실패하고 만다. 조선에서 일본세력은 퇴조하게 되고, 청나라의 간섭 아래 수구파가 득세하여 조선 조정은 부패로 치닫게 된다.

임오군란과 갑신정변을 통해 두 번이나 청나라에게 패

퇴한 일본은 군사력을 강화하면서 때를 기다렸다. 1894 년 동학군의 봉기가 일어나자 또 다시 조선 조정은 청나라에 군대 파견을 요청한다. 청나라가 군대를 파견하자 기다리고 있던 일본은 대규모의 군대를 조선에 파견한다. 청나라 군대는 동학군 진압을 위해 아산만으로 상륙한데 반해 일본군은 인천에 상륙하여 바로 서울로 진입한다. 일본은 조선에 대한 지배권을 장악하기 위해서는 청나라와 일전이 불가피하다고 보고 청과 조선의 속방문제와 조선의 내정개혁 등을 제안하며 전쟁의 구실을 만든다.

마침내 일본군은 경복궁을 무력으로 점령하여 조선 조정을 장악하고 조선으로부터 청군의 축출을 강제로 위임받는다. 일본군은 서울에서 남하하여 아산만에 상륙한 청나라 군대를 성환전투에서 대파한다. 북상하는 일본군을 저지하게 위해 청군이 주둔하고 있는 평양성을 일본군이 공격하여 대승을 거둔다. 평양전투 이후 조선의 운명은 일본의 손에 넘어가게 된다. 압록강 넘어 북으로 진

격한 일본군은 요동반도의 여순을 점령하고 청나라 북
양해군의 본거지이자 북경의 관문인 위해위를 점령하게
된다.

이에 청나라는 사실상 항복하고 시모노세키에서 강화
조약을 체결한다. 조약의 골자는 조선의 독립, 요동반도
와 대만의 할양 그리고 전비 배상이었다. 결과적으로 청
일전쟁은 동아시아의 국제질서를 근본적으로 바꾸어 놓
게 된다. 조선은 청나라와 오랜 종속관계를 벗어나서 독
립을 얻었으나, 결국은 일본의 식민지로 전락하는 길로
들어서게 된다. 일본은 러시아 등 삼국간섭으로 요동반
도를 청국에 반환하기는 했으나, 제국주의 열강의 일원
으로 진입하여 태평양전쟁에서 패망할 때까지 승승장구
한다. 청나라는 이 전쟁을 통해 나라의 약체가 드러나 열
강의 반식민지로 전락하게 되고, 변법자강운동도 실패하
여 결국 신해혁명으로 멸망한다.

이 책은 우리에게 청일전쟁을 구체적으로 알려준다.

청일전쟁이 발발하기 이틀 전, 일본군이 경복궁을 점령한 사건은 우리에게 충격을 준다. 평소 구체적인 진행상황이 궁금하던 청군과 일본군이 충청도 성환의 월봉산에서 격돌하는 전투와 청일전쟁의 하이라이트인 평양전투의 경과에 대해서도 상세하게 묘사하고 있다. 우리 경복궁이 일본군 2개 대대에 의해 점령되는 사건은 다음과 같이 묘사되고 있다.

> "7월 23일 새벽, 일본군은 예정대로 조선 왕궁으로 진격했다. 조선 왕궁은 경복궁이라고 불리고 있었다······. 일본군의 왕궁 점령 작전은 반시간이 안 되어 완료되었다. 일본병 전사 2명, 조선병 전사자는 30명이라고 전해진다."
>
> - p.571

이 소설은 또한 청일전쟁 당시의 한반도를 둘러싼 국제관계를 생생하게 그리고 있다. 예를 들면 영국은 당초 러시아의 남하를 견제하기 위해 일본을 지원하고 청일전쟁을 부추긴 면이 있었다. 그러나 당초 예상과는 달리 일

본이 조선을 넘어 중국 본토로 진격하자 태도를 바꾸기
시작했다.

　"영국은 청국의 현상 유지를 가장 열망하고 있었다. 일
　본에(청국이) 완패하게 되면 청조의 청치체제가 붕괴되고
　중국 전체가 혼란에 빠진다. 그렇게 되면 상공업 활동을 할
　수 없게 된다. 영국은 이 점을 가장 두려워하고 있었다. 영
　국은 일본에 정전을 재촉하는 움직임을 보였다."

- p.667

　국가 간 이해득실의 계산과 국제관계의 냉혹함이 적나
라하게 나타나는 대목이다.

　오늘의 국제상황을 인식하고 대응하는 자세에 대해서
도 암시를 주고 있다.

　"김옥균이 일본에 접근한 가장 큰 이유는 조선의 자주독
　립을 위해 청국의 구속력에서 벗어나려는 방편일 뿐이었

다. 일본이 청국 대신 조선을 지배하려 한다면 가장 격하게 저항할 사람은 바로 자주독립론자인 김옥균일 것이다."

- p.331

　어느 시대나 정치의 목적은 국가와 국민의 안전과 번영이고, 국가 목적을 위해서는 사고와 정책의 유연성이 필요한 이때에 깊이 음미해 볼 대목이다.

　120년도 더 지난 청일전쟁을 다룬 이 대하소설이 우리의 관심을 끄는 이유는 무엇일까. 동북아의 새로운 국제 정세가 이 책을 읽지 않을 수 없도록 만들고 있다. 떠오르는 중국과 견제하는 일본, 오늘의 상황이 120년 전과 크게 달라 보이지 않기 때문이다. 과연 역사는 흐르는 것인가 아니면 반복되는 것인가. 이 소설이 우리에게 의미하는 바는 미래의 역사는 오늘을 사는 우리의 의지와 헌신에 달려있다고 생각한다. 역사에 관심이 있고 미래를 걱정하는 사람에게 깊은 통찰을 줄 것이 틀림없다.

# 자유의 길, 행복의 길

『소유냐 존재냐』, 에리히 프롬, 까치

정 송

　사람은 누구나 행복을 바라며 매일을 살아가고 있다. 사람이 참으로 행복하게 사는 길이 무엇인가를 밝히려고 하는 이 책은 세계적인 정신분석학자이자 사회심리학자인 에리히 프롬의 학문적 사상적 결정판이라고 할 수 있다. 1976년 이 책이 발간되고 4년 뒤에 프롬이 사망했기 때문이다. 에리히 프롬은 원래 정신분석학을 전공했으나 독일 나치의 발흥을 보고 사회심리학을 깊이 연구하기 시작했다. 1931년에는 미국으로 이주하여 대학 강단에 서기도 하고 현실 정치에 참여하기도 했다.

책은 서론과 3부로 구성되어 있다. 서론은 위대한 약속, 이행되지 않은 약속과 새로운 선택이다. 인간은 위대한 산업문명을 이룩했으나 행복은 실현되지 않고 있다는 문제를 제기한다. 제1부는 소유와 존재의 차이에 대한 이해이다. 소유와 존재의 개념을 분석하고, 구약성서와 신약성서 그리고 중세 수도사 에크하르트 수사의 저술을 비교하여 소유와 존재를 설명하고 있다. 제2부는 두 실존양식의 근본적 차이에 대한 분석이다. 소유적 실존양식의 특성은 무엇이며, 존재적 실존양식의 중요성에 대해 자세하게 설명한다. 제3부는 새로운 인간과 새로운 사회이다. 이 책의 핵심이자 결론으로 새로운 인간의 특징은 무엇이며, 새로운 인간을 육성하기 위한 새로운 사회의 특성은 무엇인가를 자세하게 제시하고 있다.

소유와 존재의 개념을 어떻게 규정하며 양자를 어떻게 구분하는가. 프롬은 우리가 흔히 인간의 본성이라고 여기는 소유욕은 만고불변의 인간본성이 아니라 사유재산이 생겨나면서 형성된 것으로 보고 여러 사례를 들어 분석한다. 그리하여 현대 자본주의는 이 인간의 소유욕에 기반하여 형성된 것이므로 인간에게 중대한 문제를 주고 있다는 것이다.

'현대사회에서 소유적 실존양식은 인간의 본성에 뿌리를 두고 있으며 사실상 그 점을 변화시킬 수 없다는 생각을 출발점으로 한다. 인간은 천성적으로 게으르며 수동적인 존재여서 물질의 유혹을 받거나 굶주림이나 형벌에 대한 공포의 자극을 받지 않은 한 무위도식에 빠지리라고 보는 신조 역시 이와 같은 생각에 근거한다.'

프롬은 인간의 생물학적 자기보존 본능이 소유적 실존양식을 두드러지게 만들고는 있지만, 그렇다고 이기주의와 게으름만이 인간의 고유한 성향은 아니라고 분명하게 밝히면서 존재의 욕구가 인간 내면에 깊이 자리 잡고 있다고 강조한다.

'우리 인간은 존재하고자 하는, 뿌리 깊이 타고난 욕구를 지니고 있다. 자신의 능력을 표출하려는 욕구, 활동하고자 하는 욕구, 타인과 관계를 맺으려는 욕구, 이기심의

감옥에서 빠져 나가려는 욕구 등등.'

프롬은 인간이 자유롭고 행복해지기 위해서는 소유적 실존양식에서 벗어나서 존재적 실존양식의 삶을 살아야 한다고 강조한다. 인간의 성격구조의 근본적 변화만이, 즉 존재지향에 힘입어서 소유지향을 몰아내는 것만이 정신적 및 경제적 파국을 모면할 수 있다고 전제하고 새로운 인간의 특성을 몇 가지 제시하고 있다. 모든 소유를 기꺼이 포기하고 완전히 존재하려는 마음을 가져야 할 것, 나 자신 이외에는 그 누구도 그 어떤 것도 나의 삶에 의미를 주지 않는다는 사실을 받아들일 것, 삶의 최고 목표는 자신의 인격과 아울러 이웃의 인격을 완전히 개화시키는 것임을 깨달을 것 등이다.

프롬 사상의 특징은 인간이 행복해지기 위해서는 소유욕을 없애나가는 개인적인 성격구조의 변화가 반드시 필요하지만 이것은 개인적인 노력만으로 되는 것이 아니다라는 데 있다. 사회구조가 개인이 변할 수 있도록 바뀌는 것이 더 중요하다고 보는 것이다. 프롬은 이것을 인본주의적 사회주의라고 규정하며 건전한 사회를 만들기 위한 몇 가지 방안을 제시한다.

첫째는 참여민주주의의 실행이다. '존재 지향적 사회를 건설하기 위해서는 그 사회의 모든 구성원들이 자신의 경제적 및 정치적 기능을 적극적으로 인식하지 않으면 안 된다. 다시 말하면, 산업적 및 정치적 참여 민주주의가 완전히 실현되는 한에서만, 우리는 소유적 실존양식으로부터 벗어날 수 있다' 이를 위한 구체적인 방안의 하나로 500명 정도로 구성되는 수십만 개의 이웃집단을 상설기구로 구성하여, 이 집단들이 경제, 외교, 보건, 교육, 복지 등 각 분야의 근본적인 문제점을 토의하고 결정하도록 하자고 제안한다.

둘째는 최저소득 보장제이다. '오늘날 자본주의 사회와 공산주의 사회에서 벌어지는 대부분의 해악은 연간 수입의 최소치를 보장해 줌으로써 해결될 수 있다. 이 제안은 모름지기 모든 인간은 일을 하든 하지 않든 간에 먹는 것과 거처할 곳에 대해서만은 무조건적인 권리를 가진다는 신념에 근거한다. 인간은 삶에 필요한 것 이상을 취득해서도 안 되겠지만, 그 이하에 머물러서도 안 된다는 이야기이다'

행복한 인간세상을 만들기 위해서는 어떤 사회구조가 바람직할 것인가에 대해서는 시대에 따라서 사람에 따라서 여건에 따라서 얼마든지 다른 주장이 성립할 수 있다는 것을 이 책은 암시해 주고 있다. 무엇보다도 중요한 것은 지금 여기 내가 살고 있는 사회에 관심을 가지고 개선책을 찾아보고 실행하려는 의지일 것이다. 내가 행복하게 살면서 남도 행복하게 살도록 도와주고 싶은 사람에게 그 길을 보여주는 책이라고 생각한다.

# 지피지기 백전불태 <sub>知彼知己 白戰不殆</sub>

『트렌드 코리아 2017』, 김난도 외 5명, 미래의 창

최 지 혜

정유년 붉은 닭의 해가 밝았다. 닭의 울음소리는 어둠 속에서 빛이 떠오름을 알리고 잠들어 있던 만물을 깨우는 희망의 소리이다.

2016년을 돌이켜보면 폭염에 잠을 못 이루며 전기세 폭탄을 맞을까봐 전전긍긍하고, 5.8의 지진으로 공포감에 휩싸였으며, 국정농단 스트레스에 시달리고 있다. '지피지기 백전불태' 즉 상대를 알고 나를 알면 백 번 싸워도 위태롭지 않다. 냉철한 판단과 현실 직시로 닭의 울음소리처럼 희망차게 올 한 해를 열어보자.

『트렌드 코리아 2017』은 소비트렌드를 전망하는 책이다. 수천 가지의 소비트렌드 자료를 수집하고 소비가치를 분류하고 분석해서 2017년 10대 트렌드를 도출하였다. 2016년의 10대 트렌드를 회고하고 2017년 소비 트렌드를 전망하는 이 책은 경제, 정치, 사회문화, IT기술을 전망하고 있다.

한 치 앞을 예측하기 힘든 갑갑한 현실에서 해답을 찾을 수 있는 사이다 같은 길잡이 역할을 충분히 하고 있는 이 책은 폰으로 교우관계뿐만 아니라 문화와 생활에 관한 것을 해결하는 아날로그 세대들에게는 디지털 세대를 이해하는 계기가 되고 고정관념을 탈피하는 계기가 되리라 생각해 본다.

주요 저자 김난도 서울대학교 소비자학과 교수는 트렌드 연구자이며 컨설턴트이고 작가이다. 서울대학교 생활과학연구소 소비 트랜드 분석센터를 이끌며 소비트렌드를 연구하고 있다. 주요 기업과 장기 저성장 고령화시대의 소비 트랜드 연구, 중국 소비 트랜드 분석 등을 연구했으며 이론적 지식과 실무적 경험의 시너지를 도모하는 데 힘을 쏟고 있다. 「트렌드 코리아」시리즈를 8년 째 선보이고 있는 저자는 『트렌드 코리아 2017』에서 먼저 2016년 10대 트렌드 상품의 의미를 말한다.

첫째 가성비의 힘은 2016년에 유효했으며 작은 노력으로 소비 니즈needs를 편리하게 충족시킬 수 있는 기술의 약진이 두드러졌다. 간편식. O2O(online to offline)서비스 영역의 확대. 모바일 간편결제가 있다.

둘째 기존의 권위와 지위를 인정받던 가치들이 약화되는 모습이 관찰되고 있다. 대표적으로 아재이다. 아재 개그가 세대 간 소통의 다리 역할을 하고 있다. 노케미족의 등장과 사회 구조적 모순을 풍자한 〈부산행〉의 흥행은 현대사회에서 신뢰할 만한 가치가 실종되었음을 방증한다.

셋째, 모바일 기술이 본격적으로 일상에 스며들기 시작했다.

넷째, 일상의 작은 재미를 추구하는 소비자들이 많아졌다. 생각해 보니, 남편과 함께 운영하는 마트 일매출에서 간편식의 매출이 증대했다. 젊은 사람들뿐만 아니라 어르신들도 심심찮게 간편하게 데워 먹는 간편식을 찾는다. 핵가족화와 노령 인구가 많음을 가게에서 맞이하는 손님들에게서 실감하고 있다.

저자는 1장에서 2016년 소비 트렌드를 다음과 같이 회고하였다.

1. '플랜 Z' 나만의 구명보트 전략

2. 과잉근심사회, 램프증후군

3. 1인 미디어 전성시대

4. 브랜드의 몰락, 가성비의 약진

5. 연극적 개념소지

6. 미래형 자급자족

7. 원초적 본능

8. 대충 빠르게, 있어 보이게

9. '아키텍키즈' 체계적 육아법의 등장

10. 취향 공동체

작년 10대 키워드 제목만 열거해 보았다. 1장 첫째 트렌드는 취업난, 고용불안, 양극화 등 사회적 문제들이 악화되는 가운데서도 무조건 아끼고 긴축하는 것이 아니라 적게 쓰지만 만족은 크게 느끼는 전략에 대하여 기술하고 있다. 나머지 아홉 개의 트렌드는 제목에서 내용을 유추할 수 있을 것이라 생각하고 생략한다.

2장에서는 2017년 소비트렌드를 다음과 같이 전망하고 있다.

1. 지금 이 순간, '욜로 라이프'
2. 새로운 'B' 프리미엄
3. 나는 '픽미세대'
4. 보이지 않는 배려 기술 '컴테크'
5. 영업의 시대가 온다
6. 내멋대로 '1코노미'
7. 버려야 산다. 바이바이 센세이션
8. 소비자가 만드는 수요중심시장
9. 경험 is 뭔들
10. 각자도생의 시대

2장 첫째 키워드 트렌드 지금 이 순간, '욜로 라이프'는 '욜로YOLO (You Only Live Once)' 문장을 줄인 약자이다. 즉, '한 번뿐인 인생'이란 뜻이다.

"이미 끝나버린 일을 후회하기보다는 하고 싶었던 일을 하지 못한 것을 후회하라"

탈무드에 등장하는 글귀이다.

욜로의 지엽적인 현상을 좇기보다 작은 일에 연연하지 말고 후회 없이 즐기고 사랑하고 배우라는 크고 깊은 뜻에 집중해야 한다. 무한 경쟁의 시대, 녹록치 않은 현실에 갇힌 현대인들에게 욜로는 미래에 대한 기대를 접은 절망의 외침인 동시에 지금 이 순간을 사랑하려는 긍정적인 에너지를 담은 희망의 주문이기도 하다.

나보다 가족이 우선이고, 지금보다 미래를 위해 아끼고 산 세대는 '욜로' 한 번뿐인 인생이라 외치는 사람들을 보면 이기적이고 철딱서니 없게 느껴질 수도 있다. 앞만 보며 성공만이 가족을 위한 길이라 여기며 가족 아닌 자신의 삶을 진지하게 생각 못한 까닭이리라.

다섯 번째 트렌드 영업의 시대가 온다는 내가 하는 일과 연관이 있어 유심히 읽어보았다.

"빅데이터, 인공지능, O2O, 생체인식, 가상현실 등을 활용한 첨단 마케팅의 시대에 영업, 그 중에서도 가장 원초적인 인적 영업의 중요성이 갈수록 중요해지고 있다. 구매채널이 혁명적으로 다양해지고 상품 정보가 손 안에서 넘쳐나게 됐지만 불황은 계속되고 유통 채널의 경쟁은 날로 치열해지고 있다 소비자의 지갑 열기가 훨씬 더 어려워지고 있는 시점에서 '진실의 순간'은 오직 사람이 만들어낼 수 있다."

이 부분을 읽으면서 남편과 함께 7년 전 마트를 하게 되면서 속으로 다짐한 걸 떠올려 보았다. 명퇴자나 퇴직자들이 선택할 수 있는 자영업은 뻔하다. 치킨 가게, 식당, 마트 그 중에서 남편의 전직과 연관 있는 마트를 선택한 후, 똑같은 상품에 골목마다 있는 마트에서 살아남기는 진실하게 손님을 대해 단골손님을 확보하는 것이라 생각했다.

'담배 한 갑을 사러 오는 손님에게도 최고의 고객으로 정중하게 대하자'

'아이들은 내 아이처럼 대하자'

'어르신들은 내 부모처럼 맞이하자'

불경기에 요즘 정치적인 혼란으로 더 힘들지만 '진실의 순간'의 효과는 여전하다.

트렌드trend의 사전적 의미는 경향, 추세, 유행, 현상이다. 불경기의 지속화로 하루하루가 살얼음판을 걷는 듯한 나날과 남일 같지 않은 청년 실업을 접하며 산다. 앞이 보이지 않는 터널 속을 벗어나게 할 길잡이가 필요함을 절실히 느꼈다. 서점에서 책을 훑어보다가 '트렌드'라는 단어에 꽂혔다. 경향, 전망 얼마나 희망적인 단어인가?

'지피지기 백전불태'이다. 책을 읽으면서 틈만 나면 폰을 들고 있는 청년들을 이해하고 IT기술의 세계를 알려고 하지 않는 아날로그 사고를 고쳐야겠다는 생각을 해 본다.

그리고 무엇보다 좁던 시야가 넓어졌다는 것에 큰 의미가 있다. 나처럼 자영업을 하는 사람, 퇴직을 앞둔 사람, 기성세대, 청년 등 모두의 안목을 키워 줄 책이다.

'우리의 인생은 모두 영업이다.'

# 우리가 몰랐던 그리스의 진실

『고대 그리스의 일상생활』로베르 플라실리에르,
우물이 있는 집

최 진 혁

그리스, 많은 것을 떠올리게 하는 곳이다. 고대 로마 사람들처럼 그리스 문화를 숭배할 수도 있다. 어떤 사람은 철학자를 떠올릴 것이다. 또 어떤 사람은 그 아름다운 조각상을 떠올릴 것이다. 아니면 그리스를 바탕으로 한 수많은 작품들을 떠올릴 것이다. 그런 그리스에 소소한 의문을 가진 적이 없는가? 『고대 그리스의 일상생활』이 책은 그런 작품들의 배경이 되는 그리스의 생활을 적나라하게 파헤친다.

저자는 '로베르 플라실리에르'이다. 그는 1904년 파리에서 태어났고, 1925~30년까지 아테네의 프렌치 스쿨에 다녔다. 1932년부터 48년까지 리옹 대학의 교수로 지냈다. 이후 파리대학에서 그리스어 어문학과 학과장과 고등 사법학교 교장을 지냈다. 프랑스 최고 훈장인 레지옹 도뇌르 훈장을 받았고 1982년에 사망한 저명한 그리스어 학자이다.

『고대 그리스의 일상생활』은 제1장 배경 : 도시와 시골, 제2장 주민 : 시민, 거류 외국인, 노예, 제3장 여성, 결혼, 가정, 제4장 아이와 교육, 제 5장 일과 직업, 제6장 몸치장과 의복, 제7장 식사, 놀이, 여가생활, 제8장 종교생활과 연극, 제9장 법과 정의, 제10장 전쟁, 요약, 주석- 참고문헌, 찾아보기로 이루어졌다.

제3장 여성, 결혼, 가정에서는 현대에 민감한 소재를 다루고 있다.


"결혼한 여성들은 가끔씩이나마 집문 밖으로 나갈 수 있었지만 아가씨들은 기껏해야 안뜰에나 모습을 드러낼 수 있었다. 결혼하지 않은 여성은 다른 사람들의 시선으로부터 멀리 떨어진 곳에서, 심지어는 자기 가족 중 남자 식구들과도 떨어진 곳에서 생활해야 했기 때문이다."

이 구절만 보더라도 여성의 생활이 얼마나 구속되었는지 잘 보여주고 있다. 현대 여성에게 저런 생활을 강요한다면 분명 법정이나 뉴스에 오르내릴 만한 일이다.

제5장 일과 직업을 보아도 현대와 다른 점들을 찾을 수 있다.

"인간 최악의 생활환경은 바로 날품팔이 농사꾼, 즉 가난 때문에 돈을 받고 자신의 노동력을 제공해야 하는 프롤레타리아의 생활환경…. 가장 이상적인 생활방식은 스스로 자급자족을 하는 것이었다. 만약 그것이 불가능하다면 적어도 가족 내에서 자급자족을 해야 한다."

그리스 인들은 누군가의 돈을 받고 자신의 노동력을 파는 것이 최악의 생활이라 주장한다. 이는 그들의 '자유'에 대한 끔찍하리만큼 강한 열망의 때문이다. 하지만 그런 의지에 대하여 현대는 어떻게 반응하는가? 현대 사회에서 돈을 받고 일을 하는 것은 아주 자연스러운 일이다. 당장 길거리의 아무 편의점에 들어가도 돈을 받고 일하는 사람들을 볼 수 있다. 자급자족은 정말 시골에서나 가능한 방법이다.

이렇듯 그리스인들의 사고와 생활을 말해준다. 단순히 저자의 생각을 적은 것이 아니다. 주석과 참고문헌만 34페이지에 달한다. 주석에는 인용한 문헌의 출처를 밝히고 있다. 제3장이 95개의 주석이 달려있다. 5장의 경우 83개이다. 이용한 문헌들을 적어 놓았다. 그에 따른 본문에서 분석하여 자세하게 적어준다. 하나의 문헌만을 그대로 적지 않았다. 다양한 문헌에서 자료들을 끌어 모아 공통되는 골자를 찾아주고 납득시켜준다. 모든 장들이 이렇듯 30개 이상의 주석이 있으며, 많은 것은 96개나 된다.

또 주석과 참고문헌이 많다는 말은 더 발전적인 탐색이 가능하다는 것이다. 그리스에 대하여 알고 싶다면 주석의 출처와 참고문헌들을 찾아 더 높은 단계로 걸어 올라갈 수 있다. 또 찾아보기라는 색인을 만들어두어서 특정한 사람의 말들을 골라볼 수 있다.

무엇을 읽고 싶은지 모를 때에는 요약 부분을 읽어서 자신이 무슨 부분에 호기심이 있었는지 알아볼 수 있다. 그것으로 저자가 말해 주고 싶은 것이 무엇인지도 분명하게 밝혀진다.

"우리는 아테네 사람들이 살던 도시의 악취 나고, 꾸불꾸불하고, 밤에는 불이 밝혀지지 않는 좁은 도로, 대부분 상태가 열악하고 건축미라고는 전혀 찾아볼 수 없는 집들에 대해 이야기 했다."

"이 책에서 그리스의 문학, 철학, 과학, 예술을 다루지 못해서 생긴 내용상의 공백은 아주 쉽게 채워질 수 있다."

"고대 그리스인들을 삶에 대해 아무런 걱정이 없는 사람으로 묘사한다면 우리는 그들의 참모습을 상당히 왜곡하는 것이다."

이 문장들만 보아도 그리스에 대한 나의 환상은 파도를 만난 모래성처럼 무너진다. 그리고 이 문장에서 이 책이 얼마나 다양한 관점에서 그리스를 보고 파헤치고 있는지 잘 표현되고 있다. 이렇게 다양한 관점에서 그리스를 볼 수 있게 하는 책은 이 책 말고는 없을 것이다.

# 50세, 내 인생의 한가운데
『젊은 사회에서 늙는다는 것』, 마르고트 캐스만, 작은책방

추 필 숙

살아있다면 누구나 나이를 먹는다. 참 공평하다. 이 책은 나이와 관계있다. 자세히 말하면 나이 듦에 대해 얘기하고 있다. 저자인 마르고트 캐스만은 독일의 존경받는 사회운동가이자 목사다. 네 딸의 엄마이기도 하며 48세에 유방암 수술을 받았고, 49세에 이혼을 하였으며, 50세에 이 책을 집필했다. 그녀는 드디어 인생의 중반에 도달했고 넘어섰다고 밝히면서, 동시에 "사람들은 50세 생일에 무엇을 할까?"라는 질문을 던진다.

"이미 인생의 반이 지나갔지만, 아직 나는 인생 한가운데에 서 있는 것이다. 앞으로 무슨 일이 일어날지 기대도 되지만 한편으론 두렵기도 하다. 인생의 중반에 느끼는 이런 긴장과 열망을 총 10장에 나눠 썼다. 사람들이 이 책을 읽고 자신의 중년을 깊이 생각해 볼 수 있는 용기를 갖길 희망한다. 따라서 이 책을 순서대로 읽을 필요는 없다."

- 서문 中에서

1장에서는, 자식과 부모 사이에서 중심을 잡아야 하는 중년의 이야기가 있다. 자식이 떠난 빈자리에서 상실감과 더불어 자유를 느낄 수 있다면 균형 잡힌 인생을 살아갈 수 있다고 했다. 자식을 놓아준다는 것은 형제자매와 가까워질 수 있는 기회인 동시에 지인들과 더 친밀해질 수 있는 기회가 되기도 한다.

그렇지만 현실은 어떤가? 여성이라는 이유로

"나는 65세까지 일하고 싶었습니다. 그런데 딸이 혼자 아이를 키우며 살고 있습니다. 그 애를 도와야 해요. 그리

고 5년 전에 퇴직한 남편은 내가 집에 있기를 바라고, 시어
머니는 간병이 필요한 상황입니다."

- p.27

이렇게 말하며 조기 퇴직할 수밖에 없다. 자녀와 손자
는 물론, 남편과 부모를 보살펴야 하는 연령이 되었다는
것이다.

2장에서는 자신의 몸을 바라볼 때도 균형 감각이 필요
하다고 말한다. '내 몸이 이렇구나.' 하고 젊은 시절보다
너그럽고 호의적인 시선으로 자신을 볼 수 있어야 하고,
그것은 체형뿐만 아니라 체력도 마찬가지다. 이어서 3장
에서는 중요한 일과 중요하지 않은 일을 구분하고, 시간
의 유한성을 분명히 의식하라고 말한다.

4장과 8장에서는 유방암 수술에 관한 얘기를 하고 있
다. 중년에 건강을 장담하는 사람은 아무도 없다. 그런
우리에게 성경의 한 구절을 짚어준다.

"내일 일을 위하여 염려하지 말라 내일 일은 내일이 염

려할 것이요 한 날의 괴로움은 그날로 족하니라. 마태복음
6:34"

- p.191

이 구절은 비기독교인인 내 마음에도 와 닿는다. 50세
에는 누구나 이 말을 기억하면 좋겠다.

5장에서는 인간관계의 가치를 인식하라고 전한다. 자
기 계발서와 성공한 사람들의 얘기에 한 번도 빠진 적 없
는 내용이므로 재차 언급하지 않겠다. 6장과 7장에서는
자주 숨을 고르라고 말한다.

"고독과 홀로 있음을 구별하는 것은 중요하다. 고독은
사람들에게 버림받은 상태다."

- p.147

우리에게 고독이 아니라 스스로 홀로 있는 시간을 갖
고, 지금 어디쯤 서 있는지 살피라고 한다. 그래야 새 출
발할 수 있는 용기를 낼 수 있으니까.

9장과 10장에서는, 늙어가는 자신의 모습을 담담히, 담대하게 받아들이라고 말한다. 죽음에 대해서도 마찬가지다.

"나는 죽음도 기대할 것"

- p.262

이라는 문장에서, 잠시 읽기를 멈추었다. 죽음을 기대하다니, 나는 미처 여기까지는 한 번도 생각이 닿지 못했다. 이 책이 나이 드는 삶에 대해 말한 수많은 책들과 차별화되는 부분이다. 이 한 구절로서 이 책의 품위는 드높아졌고 우리의 중년은 설렌다. 우리 모두 이렇듯 용감하게 나이 들기를 바랄 뿐이다.

책을 덮고 생각해 본다. 우리는 우아하고 유쾌하게 나이 들기를 바라지만, 현실에서는 그저 한 사람의 꼰대가 되기 쉽다. 50세 생일에는 이 책의 '차례'를 펼쳐놓고 각 장마다 나만의 세부사항 몇 줄씩 적어보자. 해마다 작심삼일에 그쳤던 새해 다짐도 좋고, 거창하게는 버킷리스트도 좋다. 더 이상 미룰 시간이 없다.

"시작하라, 시험하라! 그리고 무슨 일이 일어날지 두고
보자!"

- p.262

아동

행복한 시간의 무대

# 여기 설탕 두 숟갈 있어요

『몸무게는 설탕 두 숟갈』, 임복순, 창비

김 성 민

시는 늘 우리 주변에 있었다. 그러나 시를 멀게만 생각하고 어렵게만 생각하는 사람들 눈에는 잘 보이지 않을지도 모른다. 시인은 우리 둘레에 숨겨진 시를 찾는 사람들이다. 눈이 맑고 마음이 밝은 사람들에게만 보이는 신비의 보물같은.

임복순 시인은 아이들 가까이 있으며(경북 울진에서 나고 자라 지금은 서울의 한 초등학교 교사로 재직) 아이들과 울고 웃으며 착하지만 힘찬 시를 빚어내고 있다. 시인의 눈에 비친 아이들의 모습은 수업시간에도 자연스럽게 흘러나온다. 알에서 애벌레가 되는 과정을 이야기 하는 시간, 장난기 많은 아이가 '완전변태' 라는 말에 꽂혀 선생님께 질문하고 선생님이 답하는 과정이 흥미롭다. 그러나 시인은 거기서 멈추지 않고 아이들이 나비가 되어 모두 창밖으로 날아가 버렸다고 한다. 아이들의 웃음소리가 한 순간 나비가 되는 것이다.

참, 아이들이라니…. 거기다 또 아이들과 장단 맞춰 놀 줄 아는 선생이라니. 아이들은 때때로 순진무구(?)하기도 하다. 들리는 대로 아는 대로, 재밌는 쪽으로 아이들은 흘러간다. 흘러가다가 아예 날아가 버린다. 웃음소리와 함께. 아이들은 귀가 밝다. 눈도 밝고 재미에도 밝다. 어떤 상황이라도 아이들은 그 재미를 놓치지 않고 낚아채서는 날아가 버린다. 그 뿐이다. 그 순간을 놓치지 않고 시로 옮겨오는 시인의 사랑이 눈부시다.

'학교 선생이니까 아이들 이야기를 잘 쓰겠지?' 하는 것은 일반화의 오류다. 아이들 눈높이에서 아이들 시선을 견지해야만 아이들이 보이기 시작한다는 것은 교육의 오랜 희망사항이다. 임복순 시인은 아이들과 같은 공간에서 공감하고 그 공감을 시로 옮겨 적는 것 뿐. 시인은 있는 것을 잘 보는 사람이라는 말이 딱 어울린다.

어떤 날, 말이 많고 떼 잘 쓰던 희재가 조용하다. "어디 아파?" 물어보게 된다. 희재는 비가 뭐라는지 듣고 있는 중이란다. 아까 '완전변태' 라는 말에 팔랑거리던 그 아이들이 맞나 싶다. 작은 틈만 있으면 호시탐탐 날아갈 준비를 하고 있던 아이들이 이번에는 사뭇 진지하다. 비가 뭐라는지 듣고 있는 희재와 반 아이들. 빗소리가 달리 들리기 시작하는 순간이다. 이럴 때 아이들은 어른의 선생이 되어버린다. 과연 비는 뭐라고 아이들에게 속삭였을까? 아이들은 비가 속삭이는 소리를 듣고 또 어느 틈으로 졸졸 흘러가 버렸을까? 궁금하다.

시인은 또 얼마나 장난스럽고 짓궂은가? 이렇게 오래 관찰하고 있을 동안 종혁이는 그것도 눈치 못 채고 천진함을 다 보여 주고 만다. 종혁이의 기린 필통은 그야말로 물활론, 그 자체이다 꼬리를 덥석 물고, 쓰다듬고, 입을 쫙 벌리기도 하고 닫기도 한다. 이런 종혁이의 필통 사랑(?)이 시인의 눈에 얼마나 천진하게 보였을까? 종혁이의 모습을 눈으로 따라 가다보면 나도 모르게 빙그레 웃음을 짓게 된다. 임복순 동시집을 다 읽고 나면 어린 시절의 나와 만나기도 하고, 길 가던 아이들이 쉽게 지나쳐지지 않게 된다. 시는 바로 그런 곳에 있었던 것이다. 내가 지나쳤던 순간 속에 시는 늘 나를 바라보고 있었던 거다. '한 번만 여기를 봐 줘' 하고 애타게 손짓하고 있었는지도 모르겠다.


모두가 일등을 목표로 하고, 어디로 달려가는지도 모르는 현실에서 '그만하면 괜찮다' 는 말은 얼마나 큰 위안이 되는가? 그 말 한 마디면 어른이건 아이건 어깨를 쫙 펴고 살아갈 수 있을 것인데. 지금이라도 이런 말은 주문처럼 외워보는 것도 좋을 듯싶다. 그만하면 괜찮아! 살다가 삶이 버거워질 때, 동시집을 읽어보자. 마음에 설탕 두 숟갈 올린 듯한 기분을 느끼게 될 것이다.

# 지금 당장 어린왕자를 소환하라

『어린왕자』, 앙투안 드 생텍쥐페리, 열린책들

김 성 민

여기 지금 다시 어린왕자를 불러온 까닭은 근래 우리가 정치적 수렁에 빠진 처지와 무관하지 않다. 어떻든 우리는 치유가 필요하니까. 정신적 공황상태의 우리는 어디에 기대어야 하는가? 새로운 정치 지도자? 새 세상에 대한 열망? 현실에서 벌어진 어처구니없는 일들에 날마다 경악할 따름이다. 『어린왕자』는 누구나 한 번쯤 손에 쥐어 봤을 책이다. 그것이 어릴 때였건 어른이 되어서였건 상관없이 말이다.

레옹 베르트에게


어른들은 누구나 다 처음엔 어린아이였다.
(그러나 그것을 기억하는 어른은 그다지 많지 않다)
따라서 내 헌사를 이렇게 고쳐 쓰련다.


어린 소년이었을 때의 레옹 베르트에게


생텍쥐페리는 1900년 프랑스 리옹에서 태어났다. 열두 살이 되던 해 비행기를 처음 타봤다고 하는데, 이후 어른이 되어 비행기 조종을 취미로 하게 된다. 여러 회사를 전전하다가 마침내 디디에 도라(야간비행의 주인공인 리비에르의 모델)가 경영하는 항공회사에 들어간다. 그는 야간비행을 하며 불시착한 사막에서 어린왕자를 만난다.

모두가 알고 있지만 '어린왕자'에 대한 이야기는 읽을수록 새로운 감동을 준다. 지워지지 않는 여운이라고 할까? 1인칭 시점으로 그려진 이 이야기는 한낱 동화라고

하기에는 삶에 대한 생각을 다시 하게 하는 힘이 있다. '어린왕자'의 상징처럼 전해지는 모자 그림은 어른에 대한 개략적인 설명이다. 어른은 도무지 보려고 하지 않는다. 들으려고도 하지 않는다. 이것이 불행하게도 어른들이 가지는 공통점이며, 『어린왕자』를 읽는 어른을 부끄럽게 만든다.

『어린왕자』의 저변에 흐르고 있는 '동심童心'이라는 커다란 틀에 주목할 필요가 있다. 동심이라는 말은 말 그대로 어린아이의 마음과 같은 상태를 일컫는다. 동심은 어른들의 주목을 받지 못한다. 동심은 험악한 세상을 헤쳐 가는 데 힘이 되어 주질 못한다고 믿는 것 같다. 하지만 동심이 어디 그런가? 동심은 천심天心이라는 말이 있다. 천심은 그야말로 하늘이 품은 마음으로 정의에 대한 올바른 지표를 제시한다고 본다. 정의, 평등, 평화에 대한 순진무구한 동심의 세계. 동심은 약하지 않다. 동심은 살아 움직이는 힘이며 동시에 연대하는 힘이다. 어린왕자가 장미에게 정성을 기울이는 일처럼, 우린 누군가에게 정성을 기울여야 한다. '정성'이라는 것은 '사랑'의 다른 이름이라고 생각한다. 대상에 대한 사랑이 곧 연대이며 여기서 동심의 장은 비로소 펼쳐지는 것이다.

내 생애 첫 번째 그림을 그려보았다.

어른들은 언제나 설명을 해 주어야만 한다.

차라리 지리, 역사, 계산 그리고 문법 쪽에 관심을 가져보는 게 좋을 것이라고 충고해 주었다. 그래서 나는 여섯 살 적에 화가라는 멋진 직업을 포기해 버렸다.

그러면 그 어른은 매우 착실한 한 청년을 알게 된 것을 몹시 기뻐했다.

『어린왕자』에서 빠질 수 없는 것은 첫 장면의 모자 이야기이다. 코끼리를 삼킨 보아뱀을 '모자'라고 이야기하는 순간 우리는 그야말로 어쩌다 어른이 되어버렸다. 어린왕자는 처음 등장부터 심상치 않다. 막무가내로 주인공을 당혹케 한다. 양을 그려달라니? 그러나 다 알다시피 자신이 원하는 양의 모습은 자신의 마음속에만 있는 것이다. 상자를 하나 그려주고 그 안에 양이 있다고 했을 때 우리는 그것을 뒤늦게 알아차린다. 소중한 것은 그렇게 마음에 있는 것이지 눈에 보이는 것이 아니라는 것을. 각자의 별이 자신의 마음속에 있듯이 말이다.

아저씨도 하늘에서 왔잖아! 어느 별에서 왔어?

어떤 사람이 양을 갖고 싶어 한다면 그건 그가 이 세상에 있는 증거야.

불행히도 나는 상자 안쪽에 있는 양을 볼 줄 모르는 것이다. 나는 조금은 어른들과 비슷한지도 모를 일이다. 아마 늙은 모양이다.

어린왕자의 별은 작다. 어른들은 크기에 민감하지만

어린왕자의 별은 감당할 만큼의 크기다. 어른들은 숫자에 민감하다. 몇 평짜리 아파트에 사는지, 돈은 얼마나 버는지, 어느 학교를 졸업했는지 등등.

『어린왕자』에 나오는 별들은 사실 현실과는 다른 세계이다. 현실 세계에서는 힘센 자가 모든 것을 독식했을 테니 말이다. 여기에 등장하는 모든 별들의 그것을 소유하고 통제하려했을 것이다. 다시 모자 이야기로 돌아가 보자. 어쩌다 어른이 되어 이 책을 읽었을 때 나는 어린왕자의 보아뱀을 머리로 이해하게 되었다. 자연스러움, 순수성이 이제 너무 멀리 사라져 버렸다는 것을 절감하게 되었다.

우린 우리가 길들이는 것만을 알 수 있는 거란다. 여우가 말했다. 사람들은 이제 아무것도 알 시간이 없어졌어. 그들은 상점에서 이미 만들어져 있는 것들을 사거든. 그런데 친구를 파는 상점은 없으니까 사람들은 이제 친구가 없는 거지. 친구를 가지고 싶다면 나를 길들여 줘.

네가 오후 네 시에 온다면 난 세 시부터 행복해지기 시작할 거야. 시간이 갈수록 난 점점 더 행복해지겠지. 네 시에는 흥분해서 안절부절 못할 거야. 그래서 행복이 얼마나 값진 것인가 알게 되겠지! 아무 때나 오면 몇 시에 마음을 곱게 단장해야 하는지 모르잖아. 의식이 필요하거든.

내 비밀은 이런 거야. 그것은 아주 단순하지. 오로지 마음으로만 보아야 잘 보인다는 거야. 가장 중요한 건 눈에 보이지 않는단다.

너의 장미꽃을 그토록 소중하게 만드는 건 그 꽃을 위해 네가 소비한 그 시간이란다.

너는 네가 길들인 것에 언제까지나 책임이 있게 되는 거지. 너는 네 장미에 대해 책임이 있어.

어른들은 이상하다. 정말 이 말에 공감한다. 어린이에서 어른으로 변신하면서 대체 무슨 일이 있었기에 세상은 이리도 혼탁해지고 무질서하다는 말인가? 어린왕자의 사고는 자연스럽다. 어른들로 나타나는 별들을 지키는 주인들은 어색하다. 억지스럽다. 그걸 책을 읽는 우리는 알 수 있다. 하지만 책을 덮고 난 우리의 모습은 어떠한 가? 억지스럽던 별들의 주인들과 별반 다르지 않은 삶을 위해 고군분투하고 있지 않은가 말이다.

어느 별에 사는 꽃 한 송이를 사랑한다면 밤에 하늘을 바라보는 게 감미로울 거야.
별들마다 모두 꽃이 필 테니까.

우리는 이유를 막론하고 어린왕자를 우리에게 불러들여야 한다. 그래야 세상은 올바른 쪽으로 조금 더 기울어질 것이고 정화될 것이다. 어린왕자를 여기 지금 소환하자. 늦은 밤 둘레를 천천히 거닐자. 그렇게 한다면 누구나 잠시 어린왕자와 마주치게 되는 경험을 할 수 있으리라 믿는다. 어린왕자는 여전히 파란 망토에 은빛 지팡이를 들고 기다리고 있을 것이다. 그러니 서두르지 말고 잠시라도 별빛을 받으며 기다려보길 바란다.

# 나의 어린왕자는 지금 어느 별에 있을까?

『어린왕자』, 앙투안 드 생텍쥐페리, 솔

배 태 만

　『어린왕자』는 앙투안 드 생텍쥐페리의 작품활동 중 후반기에 속하는 1943년에 망명지인 미국에서 출간되었다.[1] 『어린왕자』의 화자인 '나' 처럼 그도 비행기 조종사였다. 생사를 넘나드는 비행 현장에서의 체험과 사색은 그의 작품세계 전반에 중요한 영향을 미쳤다. 프랑스를 떠나 미국 거주 중에 제2차 세계대전[2]이 일어나자 다시

---

1) 1940년 7월에 프랑스 공군 비행기 조종사로 전역한 뒤 당시 대통령인 드골 진영의 대독 전쟁에 대한 능력에 불신감을 갖고 있던 중 레옹 베르트의 권유로 모로코, 리스본을 거쳐 1940년 12월 31일 미국 뉴욕에 도착하여 사실상의 망명자 생활을 하였다.

종군하여 군용기 조종사가 되기도 했다. 이런 경험이 이 작품에 고스란히 녹아 있다. 어린왕자가 나누는 대화는 눈에 보이는 숫자에 덜 집착하고 맑은 눈으로 밤하늘의 별자리를 찾았던 어린 시절의 순수함을 떠올리게 한다. 헌정사에도 '어린아이였던 옛날의 레옹 베르트[3]에게'라고 쓰여 있듯이 이 책은 어른들이 꼭 읽어야 할 동화이다.

국내에 『어린왕자』 번역본[4]이 다양하게 있는데 어린왕자의 말투가 존댓말과 반말로 나뉘어 있는 점이 특징적이다. 반말로 번역한 의도가 있겠지만, 나는 어린왕자가 어른에게 반말을 하지 않는 공나라 번역본에 왠지 마

---

2) 1939년부터 1945년까지 유럽, 아시아, 북아프리카, 태평양 등지에서 독일, 이탈리아, 일본을 중심으로 한 추축국과 영국, 프랑스, 미국, 소련 등을 중심으로 한 연합국 사이에 벌어진 세계 규모의 전쟁이다. 지금까지의 인류 역사에서 가장 큰 인명과 재산 피해를 낳은 전쟁이다.

3) 생텍쥐페리와 10여 년간 우정을 나눈 프랑스 작가(1878-1955)이다. 공쿠르상 후보에도 올랐던 레옹 베르트는 생텍쥐페리가 『어린 왕자』를 헌정할 정도로 절친한 사이였다. 생텍쥐페리와는 1931년 처음 만났으며 그보다 20년이나 연배가 높은 비평가이자 초현실주의 작가이다.

음이 갔다. 번역가 중 황현산은 불문학자로서 '원전의 가치를 충실히 살린 한국어 결정판'을 내세웠지만 '나'에게만 반말을 하고, '동화 식으로'를 '선녀 이야기 식으로'라고 표현하여 거슬렸고, 이정서는 '기존 번역서의 오역'을 지적하며 '새롭고 정밀한 번역을 시도' 했지만 왜 철도원에게만 반말로 하는지 나를 납득시키지 못했다. 김화영의 번역은 어른인 '나'와 철도원에게는 반말을 하면서도 꽃에게는 존댓말을 하는 것이 꽃과 어린왕자의 관계를 부각시키려는 의도였을지도 모르지만 좀 부자연스럽게 느껴졌다.

비행기 고장으로 사막에 불시착하여 홀로 있던 '나'에

---

4) [어린왕자의 상대에 대한 말투]

| 번역자 | 출판사 | 나(화자) | 꽃 | 철도원 |
|---|---|---|---|---|
| 공나리 | 숲 | 존댓말 | 존댓말 | 존댓말 |
| 베스트트랜스 | 더스토리 | 존댓말 | 존댓말 | 존댓말 |
| 김이랑 | 시간과공간사 | 존댓말 | 존댓말 | 존댓말 |
| 최복현 | 노마드 | 존댓말 | 존댓말 | 존댓말 |
| 황현산 | 열린책들 | 반말 | 존댓말 | 존댓말 |
| 이정서 | 세움 | 존댓말 | 존댓말 | 반말 |
| 김화영 | 문학동네 | 반말 | 존댓말 | 반말 |
| 장성욱 | 문예림 | 존댓말 | 반말 | 존댓말 |
| 박상은 | 문예춘추사 | 반말 | 존댓말 | 반말 |
| 김동조 | 소와 다리 | 반말 | 반말 | 반말 |

게 갑자기 나타난 어린왕자는 불쑥 양을 그려달라는 말을 건네온다. 그러나 그려준 몇 가지 양 그림에도 만족하지 못하다가 구멍 뚫린 상자를 보고서야 만족해 한다. 눈에 보이는 것보다 안 보이는 것을 보고 그 내면까지 상상하고 알아차리는 모습이다. 해 지는 광경을 좋아하고, 너무 슬플 때는 해 지는 게 보고 싶다는 어린왕자, 무엇이 그토록 그를 슬프게 했을까? 어린왕자의 삶에 깃들어 있는 이 비밀은 무엇일까? 저자는 어린왕자를 통해 어른들의 속물적인 면을 드러낸다. 꽃 향기를 맡아본 적이 없고, 누구를 사랑해 본 적도 없으며 오직 계산밖에는 아무 일도 해본 적이 없는 그런 어른들을…

어린왕자는 까다로운 꽃의 요구에 충실히 반응하면서도 한편으로는 마음의 상처를 받았다. 그러나, '꽃이 하는 말이 아니라, 행동을 보고 판단해야' 했다고 뒤늦은 후회를 한다. 어린왕자가 느끼기에는 꽃이 무심코 한 까칠하고 오만한 말에 실망하여 그 별 소행성 B612를 떠나온 것이다. 그 꽃이 어린왕자를 사랑한다는 것을 제대로 알아차리지 못한 탓이다. 그리하여 그는 자신이 살던 작은 별을 떠나 몇 개의 별을 여행했다.

첫 번째 별에서는 자기권위에 집착하며 왕 노릇하기에 빠져있는 왕을 만났다. 그 왕은 자기권위를 존중 받기를 원하지만 실제로는 그러지 못하는 애처로운 모습을 보여준다.

두 번째 별에서는 다른 사람으로부터 찬미 받기를 지나치게 좋아하는 허영쟁이를 만났다. 찬미한다는 것은 '내가 이 별에서 제일 잘생기고, 제일 옷을 잘 입고, 제일 부자이며, 제일 똑똑하다는 걸 인정한다' 는 뜻이라고 설명한다. 이것은 남으로부터의 인정에 집착하는 현대인의 모습을 보여준다.

세 번째 별에서는 어린왕자를 깊은 우울에 잠기게 한 술꾼을 만났다. 그는 술 마시는 게 창피하고 그 창피한 것을 잊기 위해서라는 황당한 이유로 다시 술을 마신다.

네 번째 별에서는 많은 별을 소유하고 계산에만 바쁜

사업가를 만났다. 그는 단지 소유하기만 하는 엄청난 수의 별을 세고 관리하느라 바쁘면서도 그것을 아주 중요한 일로 여기고 있다. 과연 우리 삶에서 무엇이 진짜 중요한 일인지 생각해보게 한다.

다섯 번째 별은 이제까지 가 보았던 별들 중 가장 작은 별인데 명령에 따라 가로등 켜고 끄기를 반복하는 사람을 만났다. 어린왕자는 가로등 켜는 사람이 자신의 일에 충실한 사람으로 느꼈고 '자신의 일이 아닌 일을 돌보고 있는' 면에서 그를 좋게 보고 친구로 삼고 싶어했지만 둘이 있기엔 너무 작은 별이라 또 떠난다.

여섯 번째 별에서는 탐험가에게 모든 정보를 의지하는 지리학자를 만났다. 기록과 형식에 집착하고 타인의 평판에 지나치게 의존하는 우리의 모습을 보여준다.

어린왕자는 여러 별들을 거치며 어른들은 참 이상하다는 생각을 한다. 그런데 그 이상한 어른들이 이십억 명이나 모여있는 곳이 바로 지구이다. 지구에 와서 처음 만나

게 된 뱀은 '사람들 사이에 있어도 외로운 건 마찬가지'
라는 의미 있는 말을 건넨다. 서로 길들인다는 것의 의미
를 알려준 여우는 친구를 갖고 싶으면 인내심과 의식이
필요하다고 가르쳐준다. '네가 오후 네 시에 온다면 난
세 시부터 벌써 행복해지기 시작할 거야' 라는 잘 알려진
구절은 여우가 어린왕자에게 건넨 말이다. 그리고 '오직
마음으로 보아야 잘 보인다는 거야. 중요한 것은 눈에 보
이지 않아' 라고 삶의 비밀도 알려준다.


   '어른들' 과 다른 방식으로 좀 더 나은 삶을 살기 위한
노력을 해 나가라고 『어린왕자』는 전하고 있다. 우리가
이 세상에 온 존재 이유[5]를 알지 못하더라도 끝없이 각
자의 삶에 대해 성찰하고 더 나은 '어른' 으로 살아가고
픈 사람들과 함께 하고 싶다. 별들이 아름다운 건, 눈에

---

5) 하이데거는 『어린왕자』를 '20세기의 가장 실존적 소설' 이라고 했
   다. 실존주의는 인간 존재와 인간적 현실의 의미를 그 구체적인 모
   습에서 다시 파악하고자 하는 사상운동이다. 어린왕자는 별들을 돌
   아다니며 만나는 사람마다 존재 이유를 묻는다.

보이지 않는 한 송이 꽃 때문이에요' 라는 어린왕자의 말에서 꽃 한 송이에 대한 변함없는 순수한 마음을 발견하며 잔잔한 감동을 느낄 수 있을 것이다.

# 당신의 통조림은 안녕하십니까?

『통조림을 열지 마시오』, 알렉스 쉬어러, 미래인

손 인 선

아동, 청소년 모험소설의 왕이라 불리는 알렉스 쉬어러는 우리나라보다 일본에서 더 인기가 대단하다. 작가의 책이 만화영화로도 만들어졌기 때문이다. 영국 스코틀랜드에서 태어나 서른 가지 이상의 직업을 경험하고 스물아홉 살에 쓴 시나리오가 인기를 얻으면서 창작활동에 전념하게 되었다. 엉뚱하고 재기발랄한 상상력에 사회 비판 메시지가 적절히 어우러진 작품들로 우리나라에는 『초콜릿 레볼루션』, 『13개월 13주 13일』, 『보름달이 뜨는 밤에』, 『쫓기는 아이』 등의 책이 소개 되었다.

이 책의 첫 표지는 통조림 뚜껑과도 같다. 책장을 넘길수록 통조림 통 안으로 빨려 들어가는 기분이다. 표지에 사람이 통조림통에 거꾸로 처박혀 있는 모습은 내용과도 연결이 되고 독자를 끌어당기는 효과도 있다. 무언가에 빠진다는 것은 수집을 뜻하고 아이들이 사건을 파헤치기 위해 통조림을 조사하는 것과도 연결된다. 표지 제목 '통조림을 열지 마시오'는 경고의 문구지만 반어적으로 '통조림을 여시오'라는 느낌으로 독자를 향해 손짓하고 있다.

주인공 퍼갈 밤필드는 '기발한' 아이다. 괴짜처럼 생긴 외모에서 붙은 별명이라 기발하다는 수식어에 갇혀 기발한 행동과 기발한 말을 해야 할 것 같은 부담에 눌려 사는 아이다. 라벨이 없으면서 무게가 가벼운 통조림 수집에서 비롯된 비밀스런 모험은 같은 취미를 가진 샬롯이란 여자 아이를 만나게 했다. 부모 몰래 따 본 두 개의 통조림에서 나온 반지와 절단된 귀는 밤필드와 샬롯에게 주말마다 마트 순회를 나서게 했다. 샬롯 또한 라벨 없는 통조림에서 귀걸이가 나왔다는 사실을 밝히며 두 아이는 꼬리에 꼬리를 무는 의문을 가지고 모험을 시작한다.

"샬롯은 펼쳐진 종이를 내려다보았다. 구깃구깃한 종이 위로 뭉툭한 연필로 쓴 것 같은 모양새의 낱말이 딱 하나 보였다. 글씨 쓰는 게 영 익숙지 않은 어린아이나 못 배운 사람이 썼는지 필체가 삐뚤삐뚤했다.

살 려 주 세 요"

- p.122

통조림에서 반지, 귀걸이, 절단된 귀, 종이쪽지가 나왔다는 것을 경찰이 믿어주지 않을 거라 생각한 두 아이는 직접 사건을 조사해 보기로 한다. 그러다 샬롯이 가족여행을 간 사이 중요한 단서를 발견한 밤필드는 아무도 모르게 통조림 공장을 찾아 나선다. 용감하게 찾아 나섰지만 공장에 잡혀온 다른 아이들과 같이 외부와 단절된 열악한 조건에서 몇 달간 개 사료를 만들게 된다.

외부와 연락할 방법을 찾던 밤필드는 바깥 세상에 도움을 청하기 위해 라벨을 뜯어 샬롯에게 편지를 써 통조림에 넣는다. "살려주세요"라는 쪽지를 떠올린 것이다. 그동안 있었던 일과 공장의 내부 상황, 공장까지 오는 길을 자세하게 적은 밤필드는 샬롯에게 절대 혼자 오면 안 된다는 당부의 말을 덧붙인다. 그러나 통조림에서 반지와 귀걸이, 절단된 귀가 나왔다는 말을 경찰이 믿어주지 않자 샬롯은 혼자 밤필드를 찾아 나선다.

공장에는 강제로 잡혀온 아이들이 마치 로봇처럼 일하고 있었다. 샬롯의 "도망쳐야 해." 하는 말은 통조림의 바다에 갇혀 있는 아이들을 다시 인간으로 돌아오게 했다. 아이들은 끊임없이 쏟아지는 통조림에 기계처럼 움직여 왔다. 그러다 탈출의 기회가 온 것이다. 수신자 부담 전화로 집으로 도움을 요청하고 경찰이 왔을 때 갇혔던 아이들 모두 빛을 보게 되었다. 어둡고 습한 통조림 내부에 갇혔던 아이들이 밝고 환한 세상으로 나오게 된 것이다.

"그렇게 통조림을 모아대더니 결국엔 이런 상황까지 만들고! 평생 노예처럼 살 뻔했잖니!"

- p.234

몇 달 만에 아들을 만난 퍼갈의 엄마가 아들을 야단치는 말이다. 저 한마디가 아들이 없어진 동안의 심정을 다 담기는 무리지만 이해는 간다. 이 책은 아이들의 불법 노동력 착취를 고발한 내용이다. 통조림 공장 사장으로 나오는 딤블스미스 부부와 같은 사람은 현재 한국 사회뿐만 아니라 세계 곳곳에 존재하고 있을 것이다. 뉴스에서 사회적 약자를 감금하고 노동력을 착취하는 경우를 종종 접한다. 퍼갈과 샬롯은 공장에 감금된 아이들을 자신들만의 힘으로 구출해 낸다. 통조림이란 거대 공장을 상대로 한 아이들의 승리다.

우표, 동전, 인형, 향수 등 여러 분야에 걸쳐서 수집하는 걸 취미로 가진 사람이 많다. 모험과 추리, 색다른 수집에 관심 있는 사람들의 호기심을 충분히 자극할 만한 책이다. 어쩌면 잉크 냄새가 날아가기 전에 마지막 장을 덮고 작가의 또 다른 작품으로 눈을 돌리게 될 지도 모른다. 사회 곳곳에서 썩은 냄새가 나는 사건들이 많다. 라벨 없는 통조림을 만나게 되면 오감을 이용해 신선도부터 확인해 보자. 또 다른 통조림 하나가 어려움에 처한 누군가를 구해낼 수도 있을 것이다.

# 행복한 시간의 무대

『책과 노니는 집』, 이영서, 문학동네

우 남 희

『책과 노니는 집』은 제9회 문학동네 어린이문학상 대상 수상작으로, 한 도시 한 책 읽기로 선정된 책으로 천주교가 탄압받던 조선 후기를 시대적 배경으로 하고 있다. 조선 후기로 접어들면서 실학사상이 대두되고 서양 학문이 도입된다. 천주교는 서양학문인 서학으로 조선에 들어왔지만 정약용의 외사촌인 윤지충이 천주교 의식에 따라 어머니의 초상을 치르자 성경을 인간의 도리를 저버린 사악한 글이라며 읽어서도 팔아서도 가지고 있어서도 안 되는 책으로 간주, 탄압을 받게 된다.

필사쟁이인 장이의 아버지는 금서(禁書)인 천주학을 필사했다는 죄명으로 관아에 끌려가 죽게 되고, 장이는 책을 파는 최서캐의 책방 심부름꾼으로 생활한다. 책방 심부름을 하면서 장이는 홍교리 댁을 자연스럽게 드나들게 되고 그의 서고인 책과 노니는 집인 서유당(書遊堂)을 보며 아버지가 생전에 원하던 책방의 모습과 오버랩 시킨다. 다 읽지도 못하면서 홍교리가 책을 사 모으는 까닭이 궁금해 그 연유를 묻는 장이에게 묻는다.

홍교리는

"책은 읽는 것도 좋지만, 모아 두고 아껴 두는 재미도 그만이다. 재미있다, 유익하다 주변에서 권해 주는 책을 한 권, 두 권 사 모아서 서가에 꽂아 놓으면 드나들 때마다 그 책들이 안부라도 건네는 양 눈에 들어오기 마련이지. 어느 책을 먼저 읽을까 고민하는 것도 설레고, 이 책을 읽으면서도 저 책이 궁금해 자꾸 마음이 그리 가는 것도 난 좋다. 다람쥐가 겨우내 먹을 도토리를 가을부터 준비하듯 나도 책을 차곡차곡 모아 놓으면 당장 읽을 수는 없어도 겨울 양식이라도 마련해 놓은 양 뿌듯하고 행복하다."

- p.78

읽을 책이 있다는 것은 겨울 초입에 김장을 해 둔 것처럼, 겨우내 사용할 연탄을 장만해 둔 것처럼 마음 든든한 일이다. 심심하고 답답할 때 재미를 줄 뿐만 아니라 삶을 윤택하게 하는데 책만 한 것이 있을까 싶다. 서재에 꽂힌 책들을 다시 정리한다. 「사람의 아들」, 「생의 이면」, 「황금물고기」, 「연암집」, 「피에트라 강가에서 나는 울었네」 등등을 눈에 띄는 곳에 꽂아두었다. 첫 대면하는 것처럼 그 책들 앞에 다시 서니 홍교리의 마음을 십분 이해할 것 같았다.

'나에게 있어서 책이란 무엇이냐?'는 물음에 나는 보험이라고 답한 적이 있다. 안정적이고 윤택한 내일을 준비하기 위해 보험이 필요하듯 책도 마찬가지다. 보험료를 납입하듯 꾸준히 읽어야 나이가 들어서도 읽을 수 있지 할 일이 없을 때 읽겠거니 하면 그때는 책이 우리를

밀어낼 것이다. 누군가는 책을 장난감이라고 했다. 장난
감을 가지고 놀 듯 책을 읽으며 논다고 하니, 그의 서재
이름은 이 작품의 제목처럼 「책과 노니는 집」인 '서유
당' 이라고 명명해도 좋을 듯 싶다.

내게도 행복한 시간을 보낼 수 있는 나만의 공간, 서재
가 있다. 이 서재에 거창한 현판은 아니더라도 한 쪽에
걸어두어도 좋을 방 이름 하나는 있어야 하지 않을까 싶
다. 오늘보다 더 나은 내일을 만들자는 가훈이자 닉네임
인 '파란꿈 방' , 그 꿈이 행복하다.

책과 함께 떠나는 여행

# 대마도 겨울
## 하루 만에 읽기

# 덕혜옹주를 찾아 떠난 여행

민 영 주

2016년 가을이 시작되는 무렵인 9월 4일 문무학 선생님의 서평 첫 강의 "冊"을 시작으로 새로운 분야의 탐구와 새로운 사람들을 만난다는 설레임으로 시작된 학이사 독서아카데미 2기는 11월24일 제12강 "綜으로 終하다" 수료식으로 마무리되었다.

글쓰기에는 워낙 재주 없는 이유로, 결국 서평 제출엔 실패했지만 『책을 책하다』 2기 서평집을 출판하는데, 공교롭게도 본인이 제출 못한 서평을 기행문으로 대체하라는 학이사 신중현 대표님의 제안에 모니터 앞에 앉아 자판을 튕기고 있다. 여행을 업으로 삼고 있는 상황이기에 기행문과 더 연관이 있으리라 생각하신 듯하다.

기행문, 글쓰기와 읽기에 지독히 인색했던 터라 엄습해오는 부담감은 말로 표현하기 힘들 정도였다. 하지만 서평 제출을 못 한 상황에서 이것마저 안 한다면 2기 멤버로써의 자격 미달이 되지 않을까 하는 우려 속에 일단 시작해보기로 했다. 강의실을 벗어난 책 읽기는 1기에서 책과 함께 떠나는 여행 '완행열차 타고 책 읽기'로 '동대구~기장 편'에 이어 2기에서는 화원 숲에서 진행된 '숲 속에서 책 읽기'가 성공적으로 진행되었다.

하지만 2기 수료가 다가올 즈음 아쉬움이 남아 졸업여행을 떠나기로 했다. 그것도 책과 함께. 1기 기차여행에 이어 프로그램을 조금 변형하여 학이사 독서아카데미 2기 졸업여행을 모티브로 책을 좋아하는 모든 사람들이 참여할 수 있는 "대마도 겨울 하루 만에 읽기"를 기획하게 되었다. 동행할 책으로는 『덕혜옹주』

대한제국의 마지막 황녀 '덕혜옹주'는 2009년 작가 권비영이 역사적 사실을 바탕으로 허구와 상상력을 절묘하게 섞어놓은 장편소설 「덕혜옹주」와 일본인 여성사 연구가인 혼마 야스코가 '여성'의 관점으로 덕혜옹주의 삶을 보다 객관적으로 그려내고 이훈이 옮긴 「덕혜옹주」(원제 德惠嬉 : 李氏朝鮮最後の王女)가 있었는데 어느 것을 읽던 상관없었다.

특히, 2016년 하반기 개봉된 '덕혜옹주'는 작가 권비영의 소설을 영화한 것으로 영화는 역사적 사실이나 고증이 다소 왜곡되고 꾸며낸, 그래서 영화 스스로도 팩션(Faction, 역사적 사실에 상상력을 덧붙인)이라 밝혔으나 역사 왜곡의 도를 넘었다는 지탄을 받으면서도 누적 관객수 560만에 가까운 관객이 관람하며 작은 이슈를 만들어 내기도 했다.

하지만 하루 만에 대마도를 여행한다는 것은 다소 무리가 있어 보여 소설 덕혜옹주라도 사전에 읽고 떠나는 것으로 정리했다.

덕혜옹주와 대마도가 무슨 연관이 있기에 대마도여행에 '덕혜옹주'가 함께한 것일까? 아무 연관 없을 것 같은 대마도, 그곳에 덕혜옹주와 대마도 번주의 아들 백작 소

다케유키(宗武志)의 결혼을 축하하기
위해 대마도민들이 세운 결혼 봉축
기념비가 세워져 있다는 것에 여행
의 시작을 정하게 되었다. 비록 덕
혜옹주가 대마도를 방문한 것은 결
혼 초 한 번에 불과하다고 하지만
대마도 현지인들로선 조선의 공주
와 자신들의 백작이 결혼했다는 것
에 크게 고무되어 있었던 듯하다.

　어쨌거나 소설이나 영화나 일본인이 쓴 자료나 동시대
를 함께 살았던 덕혜옹주(1989년 4월21일 별세)를 중심
으로 연구되고 창작되고 만들어진 주체에 대한 작은 이
해(?)내지 관심을 제고를 위해 우리는 덕혜옹주 결혼 봉
축 기념비가 세워져 있는 가깝고도 먼 '대마도'를 하루
만에 떠나는 여행지로 정하게 되었다.

　대마도 여행 코스는 '대구출발 - 부산국제여객터미널
(출국) - 오션플러워호(대한해협통과) - 대마도 이즈하라
항(입국심사) - 수선사 - (중식) - 조선통신사비 - 대마역

사박물관 - 덕혜옹주 결혼 봉축 기념비 - 면세점 - 이즈하라항(출국) - 부산국제여객터미널(입국) - 대구도착' 으로 하는 조금 단순한 일정이었다. 대마도 이즈하라항에 머물 수 있는 시간도 3시간 남짓, 그 시간 안에 6개의 코스를 도보로 진행해야 하는 막연함이 있었다.

특히나 대마도 지역에 대한 지식이 특히, 덕혜옹주에 대한 지식이 얕았던지라 전문가의 힘을 빌기로 했다. 대마도 전문 가이드 이경원 씨, 여행을 출발하기 전 모임의 성격과 여행의 취지를 설명해 주고, 덕혜옹주에 대한 설명을 더해 줄 것을 부탁했다.

여행의 출발은 12월 9일(금) 새벽부터 시작됐다. 부산국제여객터미널에서 배를 타고 떠나야 하는 일정이다. 평소보다는 다소 일찍 일어나야 하는 번거로움을 무릅쓰고 새벽 5시 40분 성서 홈플러스를 출발하여 6시 10분 어린이회관 경유, 마지막으로 6시 30분 수성IC에서 독서아카데미 1기분들과 2기분들, 그리고 학이사 식구들 20명을 순차적으로 태웠다. 28인승 리무진 버스는 대구-부산 고속도로를 쉬지 않고 달려 출발 1시간 전에 무사히 부산국제여객터미널에 도착했다.

워낙 새벽시간이라 아침식사를 모두 거른 시간이기에 찰밥, 김밥, 과일, 과자 등 투어에 동행하시는 분들께서 이것저것 먹거리들을 준비해 오셔서 오히려 평소보다 배불리 여행을 시작할 수 있었다.

부산국제여객터미널에서 가이드 미팅 후 출국 수속을 밟은 뒤 대아고속 오션플라워호는 부산항을 9시 10분 출발하여 넘실대는 거친 파도를 헤치며 두 시간여 뒤인 11시 20분쯤 대마도 남부 이즈하라 항에 도착했다. 평소 배멀미가 없다고 자부했던 나였지만 요동치는 배 안에서는 없던 멀미도 생기는 곤욕을 치뤘다.

동해안의 여느 작은 항구와 별반 차이 없는 이즈하라 항. 도착 후 입국수속을 밟고 나와 가이드의 뒤를 따라 도보로 투어를 시작했다. 이국적이라고 느끼기엔 좀 부족하고, 말 그대로 동해안의 작은 항구도시에 도착한 듯한 느낌을 받으며 걸어서 첫 기착지인 최익현 선생 순국비가 모셔져 있는 수선사를 향했다. 차도를 따라 걸으며 속으로 '아, 여기가 대마도인가? 별 차이 없는데' 하고 걷다 작은 골목으로 접어들자 '아, 그래 여기가 일본 대마도구나' 라는 생각이 들 정도로 오래된 듯 빛이 바랜 작은 2층 목조주택과 길 옆까지 아기자기하게 만들어 놓은 일본식 정원이 눈에 들어왔다. 가까운 산에는 나뭇잎이 바람에 파도처럼 넘실거리며 군무로 우리를 환영하는 듯 했다.

대마도 여행에서 빠지지 않는 곳이 바로 수선사이다. 수선사는 백제의 비구니 법묘 스님이 세웠다고 전해지는데, 수선사의 돌계단을 올라 내부로 들어가니 좀 작은 마당 한쪽에 오래된 비석이 세월의 풍파를 겪으며 빛바랜 모습으로 세워져 있었고, 다른 한쪽엔 턱 가리개를 하고 어린아이들의 영혼을 돌보는 지장보살을 모시고 있었다. 최익현 선생 순국지비는 그 옆쪽에 다른 무덤 비석들과 함께 쓸쓸이 서 있었다.

면암 최익현 선생은 74세의 나이로 의병을 일으킨 조선 후기의 문신이며, 독립운동가로 홍선대원군의 실정을 상소해 관직을 빼앗기고, 일본과의 통상조약 및 단발령에 앞장서서 반대를 외쳤던 인물로 1905년 을사조약 체

결 후 순창에서 이에 항거하다 패하여 대마도에 유배되신 항일투사였다. 이후 감옥에서 단식으로 저항하다 1907년 1월 1일 순국하셨다. 수선사에서 장례를 치룬 뒤, 그분의 넋을  기리기 위해 1986년 순국지비를 세우게 되었다고 한다.

   사찰 내에는 최익현 선생에 관련된 기록물 등 여러 자료들이 있다고 하는데 지금은 관람이 금지되었다고 한다. 이유는 2012년경 대마도 관음사 내 사찰에 있던 불상 관음상이 국내 절도단에 의해 분실된 후 사찰 내부의 관람이 금지되었다는 것이다. 본래 불상은 일제 침략 시 강탈해 간 것으로 '장물이니 일본에 돌려줘야 한다.' 라는 의견과 '왜구가 약탈해 간 불상이니 돌려줄 필요가 없다.' 는 의견으로 논란이 일었으나 법원이 충남 서산의 부석사 불상으로 확인되어 부석사로 돌려주라는 판결을 내려 돌려받을 수 있다는 가능성을 보여줬다고 한다.

아침 일찍 차 안에서 먹은 찰밥, 과일 등으로 배를 채운 터라 공복감이 찾아오기도 전에 일정상 점심식사 장소로 이동했다. 다른 맛있는 음식들도 많았겠지만 이날의 점

심식사는 일본식 벤또(도시락). 깔끔하고 정갈하게 일본식 찬합에 나온 도시락은 큰 기대 안 했던 것에 비해 훌륭한 한끼가 되었다.

점심식사 이후 아무래도 독서아카데미 본연의 모습으로 돌아가 가이드를 통해 찾아간 골목 어귀의 작은 서점은 깔끔하게 정돈된 모습으로 자꾸 사라져가는 우리 동네 서점에 대한 안타까움을 자아냈다. 역시 아기자기하지만 꽉찬 듯 잘 정돈된 동네 서점은 부러움으로 다가왔다.

대마도 이즈하라 지역의 가장 번화가를 지나 다음으로 찾은 곳은 조선통신사비가 세워져 있는 작은 언덕이었다. 조선통신사는 1404년(태종 4) 조선과 일본 사이에 교린관계가 성립되자, 조선 국왕과 막부 장군은 각기 양국

의 최고 통치권자로서 외교적인 현안을 해결하기 위하여 사절을 각각 파견하였다. 이때 조선 국왕이 막부 장군에게 파견하는 사절을 통신사, 막부장군이 조선 국왕에게 파견하는 사절을 일본국왕사日本國王使라고 하였다.

특히, 대마도는 조선통신사가 일본 본토로 들어가는 길목에 있어 항상 거쳐 가던 곳으로 토요토미의 조선 침략이 있었던 임진왜란 이후 국교 회복을 위해 전력을 다하는데, 도쿠가와 막부시대 200년 동안 통신사는 12회에 걸쳐 일본에 방문하게 되는데, 이를 기리기 위해 세운 비이다. 최근에도 해마다 신조선통신사 행사로 조선통신사 행사를 재현하며 한·일 관계를 복원하는 계기로 치러진다고 한다.

조선통신사비 바로 옆에 하얀색 단층으로 지어진 대마민속박물관, 대마도의 민속자료들을 모아 박물관을 만들어 놓은 곳으로 대마도의 여러 자료를 한자리에서 볼 수 있는 기회였다.

마지막으로 찾은 곳은 우리의 목적지이자 마지막 기착지인 덕혜옹주 결혼 봉축 기념비. 일본의 대마도와 조선의 마지막 황녀인 덕혜옹주와 무슨 연관이 있기에 그 자리에 덕혜옹주 결혼 봉축비라는 것이 세워져 있을까? 주지하다시피 덕혜옹주는 조선의 마지막 황녀로 한·일 합방이 되면서 일본에 볼모로 잡혀가게 된다. 숨 쉬는 것마저도 허락을 받아야 했을 것 같은 철저한 감시 속에 강제로 일본인과 정략결혼하게 되는데, 일본인 남편이 바로 대마도 번주의 아들이었던 백작 소 다케유키였다.

동백꽃 무더기를 지나 휑하니 홀로 세워져 있는 결혼 봉축비 옆에는 "대마도주와 조선의 마지막 황녀 덕혜의 결혼을 축하하기 위해 대마도 거주 한국인들이 세웠으며, 대마도민들이 축하하기 위해 이즈하라 청수산성에 세운 기념비와 철쭉이 아직도 남아 있고 양국민의 진정한 화해와 영원한 평화를 희망한다"는 내용이 비문에 새겨져 있다.

시대의 아픔을 고스란히 떠안은 듯한 덕혜옹주의 한 많은 삶, 한 세기 전 한민족이 겪었던 그 많은 고통과 억압이 고스란히 오버랩되며 먹먹해져오는 건 나 역시 그들의 후손이며 같은 민족이라는 것에서 오는 애잔함이 아니었을까.

한 차례 자리를 옮긴 덕혜옹주 결혼 봉축비는 세월의 풍파를 그대로 떠안은 채 진홍빛 동백꽃과 덩그러니 있었으며, 그나마 한국 관광객들이 많아지면서 이즈하라를 찾는 한국인들은 빠지지 않고 찾고 있어 쓸쓸함을 위로해 주는 듯했다.

덕혜옹주 결혼 봉축 기념비를 마지막으로 이즈하라 항을 밟은 시간으로부터 3시간 조금 넘는 우리의 '대마도 겨울 하루 만에 읽기'를 마감하게 되었다. 공식적인 대마도 투어는 마무리 되었고, 대마도 여행의 또 다른 재미인 면세점 쇼핑과 마트 쇼핑이 진행되었다. 이것 역시 투어의 일환이긴 하지만 참가자 나름 개인의 취향과 함께하지 못한 가족과 친구를 위한 기념품 내지 선물을 사는 시간. 나 역시 집에 있는 꼬마들에게 줄 초콜릿과 목각 기념품을 구매하고 짧은 아쉬움을 뒤로 하고 출국을 위해 이즈하라 항으로 이동했다.

오후 3시 10분 떠나는 우리 일행을 잡기라도 하듯 대한해협의 거친 파도는 이즈하라 항을 출발한 우리 배를 크게 요동치게 만들었다. 참으려고 했지만 출발할 때 먹지 않고 남겨온 멀미약을 목구멍 속으로 밀어 넣었다. 다행히 배는 두 시간 남짓 꿀렁이는 바다를 헤치고 힘겹게 부산국제여객터미널이 무사히 도착했다. 입국수속을 마친 뒤 대구까지 우리를 실어다 줄 리무진 버스에 지친 몸을 기대었다.

세 시간 남짓 걸어서 투어를 마칠 수 있는 해외 여행지 중, 대마도 남부인 이즈하라 지역이 유일하지 않을까 한다. 이즈하라 항은 역사적인 유적지가 가까이 있어 하루 만에 도보로 여행할 수 있는 멋진 여행지다. 일정을 마치고 항구로 돌아오는 길에 누군가의 말이 떠오른다. "여긴 (대마도) 더 오래 있으면 지루할 것 같아. 딱 좋네, 3시간. 하루 만에 다녀갈 수 있는 여행지…"

일행은 청도휴게소에서 라면과 우동으로 출출한 배를 채우고 다시 대구로, 그리고 새벽 참가자를 실었던 역순으로 버스는 지친 참가자를 토해내며 마지막 종착지인 성서에서 하루 만에 다녀온 해외여행의 마무리를 지었다.

여행에서 빼놓을 수 없는 것은 아마도 책이지 않을까?

강렬한 태양빛 아래 시원하게 불어오는 바람을 맞으며 파라솔 아래에서 썬배드에 몸을 기대고 한 장 한 장 넘기는 책장의 여유, 달리는 차창 밖에 이국적인 풍경이 수없이 지나가고, 그림 같은 풍경에 아랑곳하지 않고 책장을 넘기는 모습들… 책과 여행을 떼어놓고는 만들 수 없는 그림이다.

나 역시 여행에서 그런 그림을 꿈꾸며 항상 빼놓지 않고 캐리어엔 두툼한 책 한 권을 꼭 넣어 가곤 했다. 비록 무거운 짐으로 천덕꾸러기 신세가 되기 일쑤였지만. 그래도 여행 중에 책은 여유이고, 사색이고, 지난 시간의 정리가 아닐까 한다. 그런 의미에서 이번 여행은 또 하나의 실험이었고, 좋은 사람들과 떠나 하루 만에 다녀온 여행이기에 이번 여행을 더 발전시켜 세계로 떠나는 학이사 독서아카데미 문학기행을 그려본다.

# 대마도 겨울 하루 만에 읽다

추 필 숙

　날이 차가웠다. 대신 마음은 뜨거웠다. 대구의 대표 출판사인 학이사의 든든한 지원 속에, 독서아카데미(원장 문무학) 서평 쓰기 회원들은 졸업여행을 떠났다. 때는 2016년 12월 9일, 곳은 대마도, 저마다 『덕혜옹주』한 편씩 품었으리라.

　지난 몇 달, 우리는 서평에 대해 배우고 익혔다. 독서의 완성이 서평이라는 말에 공감하면서, 아직 서투르고 부족하지만 서평쓰기에 계속 도전해 보려고 한다. 그 과정에서 한 권의 책이 우리를 부추기는 힘은 아주 크다. 『덕혜옹주』를 펼치면 맨 먼저 떠오르는 곳은 대마도와 창덕궁이다. 그렇게 당일치기로 대마도를 가게 되었다. 이것이 바로 책이 우리에게 주는 도전의식이리라.

대구를 출발한 관광버스에서 찰밥과 과일을 챙겨 먹을 동안 해가 떴다. 가이드가 기다리는 부산여객선 터미널에서 멀미약을 나누고, 여권을 꺼냈다. 가이드가 신신당부한 입국 시간 단축을 기억하며 오션플라워호에 올랐다. 하늘과 바다가 온통 한통속으로 푸르렀다. 그 사이를 비집느라 내내 출렁거린 배가 드디어 이즈하라항에 닿았다.

우리가 본 대마도의 첫인상은 오목조목했다. 골목은 깔끔했다. 몇 번 꺾어지니 최익현 선생 순국비가 있는 수선사가 보였다. 돌계단을 오르니 마당 오른쪽에 비석과 함께 선생의 소개 글이 새겨진 돌이 있다. "조선의 유학자요, 정치가였다. 소신을 굽히지 않고 애국 항일 운동을 일으켜 대마도로 유배되었고 옥에서 순국했다"라는 뜻이라고 한다. 일본에 맞선 선생의 기념비를 일본에서 보게 되다니, 참 아이러니하다. 나오는 길에 보니 담벼락에 한글로 '조용히 해 주세요'라고 적혀 있다. 새겨들어야

겠다.

　한나절이 지나 식당으로 갔다. 차려진 도시락을 먹는 중에 가이드의 한마디가 우리를 집중시켰다. 주문한 책을 찾으러 금방 서점에 다녀오겠노라고, 그리고 자리를 떴다. 우리는 일본에 서점이 있다는 생각을 한 번도 한 적 없었던 사람들처럼 반가워했다. '大西書店'으로 향했다. 이런 즉흥적인 장소야말로 여행의 묘미, 진수가 아니겠나. 우리는 사소한 발견들이 기쁘고 행복하다. 아쉽게도 일본어를 모르니 그림을 보고 책을 고르는 수밖에, 만화책으로 기념품을 대신하기로 했다. 나만 그런 건가….

　서점에서 나와 오늘의 하이라이트, 덕혜옹주의 발자취가 남아있는 가네이시 성터로 향했다. 소설과 영화 속의 허구를 배제한 덕혜옹주를 오롯이 만나기를 기대하며 걸음을 옮겼다. 가는 길에 '朝鮮國通信使之碑' 앞에서 잠시 걸음을 멈추었다. 이어서 대마 역사민속자료관에도 들렀다. '조선통신사 행렬도' 등의 유물을 살펴보았으나, 내부 촬영이 금지되어 조심스러웠다.

　밖으로 나온 우리는 성문이 아니라, 성벽이 있었다고

추정되는 곳을 따라 걸었다. 성이 사라진 곳에 터만 남았다. 성에서 살던 사람들은 다 어디로 갔을까? 지금은 공원이다. 여기에 결혼을 축하하는 기념비가 홀로 서서 우리의 인사를 받는다. '李王家宗家伯爵御結婚奉祝記念碑'다. 오늘 우리가 그 기억을 되살리고 기념하기 위해 단체사진을 찍고 간다.

이즈음 가이드의 설명을 옮겨보면, 조선의 황족은 일본에서 교육해야 한다는 일제의 압박에 의해 덕혜옹주는 14세에 동경 유학을 떠났고 20세에 대마도 백작 소 타케

유키와 정략결혼했으며, 이혼 후 귀국하여 창덕궁에서 별세했다고 한다. 여기까지는 우리도 아는 내용이라 그저 고개만 끄덕이고 있었다. 바로 그때 가이드가 프린트한 사진을 꺼내 보여주었다. 소 타케 유키 백작은 애꾸눈에 키도 작고 아주 못생겼다는 소문이 있지만, 사실은 훤칠한 키에 다만 한쪽 눈이 약간 사시였을 뿐, 전체적으로 수려한 외모임을 밝히는 증거라고 했다. 도쿄대학을 졸업한 영문학자이자 화가 그리고 시인이기도 했다면서 그의 시도 들려주었다. 우리 모두 눈과 귀가 또렷해지는 순간이었다.

성문으로 나왔다. 성 밖에 나서니 졸졸 과거에서 흘러온 듯 냇물이 우리를 따른다. 글만 읽고 책을 덮었다면 여기까지 오지 못했을 것이다. 덕혜옹주의 삶이 스며든 곳을 찾아 되짚고 살펴보는 진정한 독자로서의 하루를 잘 살았다.

떠날 시간이다. 일본 카스테라 '카스마끼'가 든 비닐봉지를 들고 국경을 넘는다. 한 회원의 말처럼 마실 나가듯 다녀왔다.

책과 함께 떠나는 여행

숲속에서 책 읽기

# 리딩 ~ 힐링 ~ in 숲

주제

讀은 食이다. 우리는 독식(讀食, 獨食)한다

# 學而思독서아카데미

## 제2기 서평쓰기
2016. 9. 1 ~ 11. 24

# 편집후기

　**學而思**독서아카데미의 두 번째 서평집 『독하게 독하다』가 만들어지는 동안, 봄이 찾아왔습니다.

　이 책이 어떤 독자의 손에 닿을지 설레는 마음입니다.

　**學而思**독서아카데미에서 서평쓰기를 배운 회원들은 전문적인 서평가들이 아닙니다. 좋은 독자가 되기 위한 방법을 찾다가 자연스럽게 여기까지 오게 된 것일 뿐입니다.

　'모든 독자는 잠재적 서평가다' 라는 이현우 서평가의 말처럼, 서평쓰기라는 누구나 행사할 수 있는 권리를 행사할 수 있게 해 주신 문무학 원장님께 감사드립니다.

　**學而思**독서아카데미의 두 번째 메시지가 고스란히 전해지기를 바랄 뿐입니다.

편집장 서미지